エレクトリック

Photograph by Wolfgang Tillmans
"in flight astro (ii)" 2010
Courtesy Wako Works of Art
Design by Shinchosha Book Design Division

手を近づけると、紙が後ろにスッとさがった。

レシートを折って折り目を奥にし、こちらへと図書館の古びた書物が開かれているみたいに、あるいはそれがひとりでに閉じようとしている、みたいにその小さな紙きれを机に立てた。そして達也は息を呑み、指を揃えて左、右の頬をなでて前に下ろすと、レシートは後ろにスッとさがった。空気を少しも揺すぶらないように、静かにすばやく手を下ろした。なのに、紙が動いた。

「ハンドパワーです」

と、サングラスをかけたマジシャンがテレビで言った。

それを見た芸能人たちは自分でも試してみて、ほんとだ、すごい！　と口々に騒ぎ立てるのだが、その秘密を尋ねてはいけないらしく、ただ「ハンドパワーですか」、「ハンドパワーですねえ」と繰り返すばかりである。

「誰にでもハンドパワーはあるんです」

マジシャンはみずからの目を、何ひとつ浮かんでいない宇宙の途中のような闇で塗りつぶしたまま言った。

「どんなに悲しいときでも、大変なときでも、あなたには不思議な力があるのだと思い出してください。握手は大切ですよ。力が伝わります」

それは夏の終わりだった。

ひどい雷の日があった。栃木県宇都宮市はなぜだか雷が多く、「雷都《らいと》」と呼ばれたりする。というのは地元の人間しか知らない話で、ここを「みやこ」だとそれとなく言いたいところに田舎者のプライドがかいま見えるわけだ。

外の明るさが急に変わり、猛獣のようなうなり声が始まる。部屋は電気を消したように暗くなった。

達也の母は、幼い頃、雷が来ると蚊帳の中に逃げ込んだのだという。

母のその思い出を、達也は夏になるたびに思い出す。蚊帳の網は緑色。空き地を囲うフェンスのような緑色。雷様《らいさま》の怒りは、その囲まれた中だけは避けてくれる。これが科学的に意味がないのはもちろんだが、子供は何かに囲まれていれば安心するものである。

両親がいつから二人で寝なくなったのか、達也は忘れてしまった。

幼い頃は、両親と川の字で寝ていたのだと思う。

その三本の線を真上から見ている、見たことがないはずの光景を思い浮かべる。

あの家――達也が生まれてから幼稚園のあいだ住んでいた和風の家は、二階が若夫婦の空間で、一階には父方の祖父母がいた。あの家の、細くてねじれた階段を上って右手、いつでもぼんやりと翳った寝室、麦茶のコップを通ったような光が満ちている寝室、その天井の真ん中にはコンセントがあった。そこからコードが何本も伸びている。白い四角のものがあり、二つか三つにコンセントを分岐させている。

それはタコのようにクモのように脚を伸ばしている――などと、今の、高校二年になった達也ならば比喩を言うこともできるだろう。だが、言葉をしゃべり始めて間もない頃に、その小さな物体は、何とも言えないものだった。達也はそれがときどき怖くなり、布団をかぶって見ないようにすることもあった。

小学校に上がるか上がらないかの頃、志賀達也の家族は、家を建て替えた。

真っ白に塗られた豆腐みたいな、ただの容れ物のようなコンクリートの家ができた。それから達也は一人で寝るようになる。自分の部屋ができたからだ。そのあとしばらくは、両親はまた二人になって、同じベッドで寝ていたはずである。

一九九五年のいま、達也は、親子三人の位置が変わったあの頃を思い出している。父が一人で寝るようになったのはいつだろう？　二人きりになり、新婚の頃に戻ったあの短い期間――その隙に、妹をこしらえたのだろうか？

などと、口を滑らせるようにして思ってみるのだが、達也の妹、涼子は二歳年下で、現在中学三年である。だから彼女がこの世に発生したのは、当然、昔の家のときだ。家を建て替える前から妹はそばにいたのである。そのはずなのに、どうもその存在がぼんやりとしている。

達也の父は、夜九時頃に、自分が経営する会社から戻ってくる。息子は今か今かと部屋で待ち構えている。英雄の帰還である。砂利を踏みしめる音と共に、ベッド脇のカーテンを透かして光の円がふわりとＵＦＯのように立ち昇ったら、父の車だ。

達也は一日のありとあらゆることを話したい。

父は、家族団らんの時間をほどほどにすごし、風呂に入ったら、おやすみと言って焼酎のコップを手にベランダに出て、そこからつながる「スタジオ」へと一人消える。いつ頃からかそうなって、もう誰も疑問に思わない。

この豆腐の家には、そのミニチュアのようなもうひとつの白い箱がついている。その離れを、志賀家では「スタジオ」と呼んでいた。それは高床式の建物で、一階部分の空洞はガレージになっていて、上の箱全体がひとつの部屋である。

もともとは、そこは離れではなかった。昔の家の増築した部分で、達也が生を受けるより前、印刷会社を辞めてフリーのカメラマンになった父が、祖父母の援助を受けて撮影のためにつくったところだった。そこが建て替えの際にも残された。新たな母屋とはベランダの端から接続されており、いったん外に出なければ行けない。ベランダから一メートルほどの隙間を、欄干のある金網の「足場」でつないでいる。

かつての家では、二階の寝室の反対側、階段から見て左の壁にある、灰色のドアを開ければその部屋だった。その一番奥には、まぶしいほど真っ白なスクリーンが吊り下げられ、床へと垂れてスキー場のように広がっている。ストロボの傘、三脚、カメラが入った銀色の箱。子供が押してもびくともしない重い箱。

その頃は一九八〇年代に入り、バブルの勢いで広告業が華やかなりし頃で、カメラの技術を持つ者はひっぱりだこなのだった。達也の父は、幸いにも、独立してたちまち忙しくなり、会社を立ち上げることになって、宇都宮市街の中心部に事務所を借りた。だから自宅で撮影する必要はなくなったのだが、スタジオという呼び名は残ったのである。

会社は人を増やしていき、撮影だけでなく広告制作をトータルに受けるようになり、平成に入ると広告代理店と呼べるものに成長した。最大のクライアントは、栃木を本拠地として北関東各地に展開し、ゆくゆくは東京進出も目指しているスーパーマーケット「山月屋」で、その新聞折り込みチラシがおもな仕事である。

父の話を聞く限りでは、山月屋とは良好な関係のようだった。だが、その一社ばかりに依存するのでは危ういのではないかと、達也にも薄々思われた。万が一チラシの仕事がなくなったら会社は大転換を迫られる。いや、どんなピンチでも父なら乗り越えるだろうし、未然に防ぐに決まっている。息子は経営者としての父を信頼しきっていた。

いまでもスタジオと呼び習わされているその建物は、この敷地において、まるで治外法権のような父の居城だった。

スタジオは物でいっぱいだ。貧しかった少年時代に復讐するかのように、達也の父は、男子が典型的に欲しがりそうなものを、はしたないまでにかき集めていた。ラジコン、プラモデル、釣り具、アウトドア用品、そしてオーディオ。

父方の家は貧しかった。

福島の山深い農村から出てきた祖父母は、職を転々としながらこの地に根を張って、ようやく家を持ったのが息子が高校に入るときで、それまでは繁華街の外れの長屋に住んでいた。二人の子供、達也の父とその妹は、人なつこい性格で、地域でかわいがられていて、裕福な家に遊びに行ってはそこで、想像したこともないおもちゃやお菓子、立派なもの美しいものを知って、憧れを胸に秘めたのだった。

小瓶に入ったタミヤのプラモデル用の塗料は、すべての色をワックまるごと買ってある。達也はずらりと中間色のグラデーションが並ぶその壮観を眺めるのが好きだった。

父には、すべてがあるのだ。

好き放題に塗料の小瓶を開け、ほかでは嗅いだことのない、これは危険だと告げる刺激臭を吸い込まないよう息を止め、どろりとした液体をスポイトで取って小皿で混ぜるのを達也は「ジッケン」と言っていた。その「ジッケン」を父は褒めてくれた。将来は「カガクシャ」だな、と父は言った。

二種類を混ぜると別の色になる。もっと混ぜると色は濁って泥のようになるが、混ぜれば混ぜるほど、深刻なことが起きている気がした。それが「カガク」なのだと思った。

今夜も父は、仕事帰りに、子供にではなく父自身のために、びっくりするような新たなおもちゃを買ってくるんじゃないかと期待して、いつも帰りが待ち遠しかった。

父は友達だ。

父は自分と同じく子供で、いつだって新しいおもちゃが欲しい。達也は子供だから、その気持ちがわかる。達也がおもちゃを買ってもらったら嬉しい。でもそれより、父という友達が喜ぶのを見るほうがもっと嬉しい。

父の最大の趣味は、オーディオである。

ある時期に、部屋の奥をふさぐ撮影用のスクリーンがなくなってからは、父が自作したスピーカーが置かれている。

電子部品を入れたプラスチックの引きだしがたくさんあり、ケーブルや木の板や金属板が積まれ、オシロスコープなどの計器やドリルや電動ノコギリがひしめくなかにベッドがある。父はいつからか一人で寝るようになった。のだが、それがいつからだったか、達也は思い出すことができない。

スタジオに充満するタバコの煙を黄色い光が三角形にくり抜いているなかで、達也の父は、メモ用紙を折って立てて、テレビで見たマジシャンのようにやってみた。紙は、動かなかったが少し揺れた。静電気だよ、と説明する。

「ああ、そうだと思った」

達也は答える。たぶんそうだろうと思っていた。ちゃんと理由があるのだ。ハンドパワーは超能力でも何でもない自然現象なのだ。科学的にごく普通のことである。

父は、鮮やかな青い円筒から針金が二本出ている部品をつまみ上げる。

「これはコンデンサーね。電気を溜めるものだ。一時的にここに溜めて放出する。実は、人間の体もコンデンサーになっていて、電気が溜まってる」

その円筒は、マンションの屋上にある貯水タンクのようにも見える。

「電気はどこから来るの？」

「どこからって、地球だな。生き物も電気で動いてるからな。脳の信号は電気だろ。心臓も電気だ。心電図があるよな。体の中は電気の速さで動いている」

「じゃあ、人間も機械だってことなのかな」

その部品を父の指先から手のひらに移すとキンと冷たくて、氷のかけらのようにすぐ溶けそうだった。

「機械も生き物なんだよ」

そう言う父は、煙をもうもうと吐き出し続ける工場のようだ。焼酎を一口飲む。父がガソリンとして飲み続けるこの透明なお酒は、水と見分けがつかない。

それからコップを置き、裏返しになって内臓を露わにしている、灰色に塗装された鉄の箱に手を入れる。

横から覗くと、ケーブルが張りめぐらされているのがジャングルジムみたいで、各種の部品、コンデンサーもあるのだろうタコやイカのような細かい部品がホコリまみれで、そこにアルコールを吸わせた綿棒を当てながら達也の父は、

「こいつも元気になるよ。

コンデンサーは消耗品だから交換するが」

と作業を始め、あとは何も言わない。そうなると、息子にはもう何もできない。何もすべきではない。

だが、見ているだけでよかった。このただ見ている時間が達也は好きなのだった。スタジオについていくといつも、ふと父の視界から自分が、息子が消えるのがわかる。それは不思議な時間だった。宇宙の何もないところに取り残されたようだった——それは、達也が生を受けるより前の時間である。それは、父と母だけの時間、高校生のときから付き合っていたという二人の時間であり、さらに二人が出会う前の時間であり、そこで達也は何もできない。金縛りにあって身動きできず、ただ見せられるものを見ることしかできない。

「日本製だったら腐ってボロボロだな」

と、ようやく沈黙を破ったその言葉に手を伸ばして、達也は二人がいる今を引き戻そうとする。

「——ウェスタンはさすがに丈夫なんだね」

「ぜんぜん違うんだよ。

真空管だからパワーがない、それで映画館全体を鳴らすんだから、ウェスタンのスピーカーは開発費が当時の日本の軍事費に匹敵するっていう」

「すごいな、そりゃ日本は負けるよね」

「勝てるはずがなかったわけだ」

裏返しにされているのは、ウェスタン・エレクトリック社の戦前の、あるいはもう少し広く取れば五〇年代までに製造されたと推定されるアンプである。

これが映画館を鳴らしていたのか、と達也は思う。

ウェスタン・エレクトリックはオーディオの伝説だ。

現在の何千万もするハイエンド・オーディオでもウェスタンの音は超えられない。という信仰のようなものを達也は父から聞かされていた。

滅亡した文明の遺跡みたいな、四十年、五十年前の鉄の塊が、医者だの坊主だのにカネを使わせるだけの高級品を凌ぎ、はるかに「生々しく」、「手の動きまで見えるように」、「圧倒的な奥行きで」……ライブそのものの音を聴かせるのだと、父は熱っぽく語るのだった。

ウェスタン・エレクトリックは、最初シカゴで設立されたあと、一八八一年、グラハム・ベルの特許を継ぐ電話会社AT&Tに製造部門として吸収され、AT&Tの回線網でリースされる電話機をつくっていた。したがって、長らく全米いたるところにウェスタンの電話機があったわけだ。

アメリカとは、ウェスタンの電話機を結ぶあやとりの線で囲まれた領域だった。

ウェスタンはトーキーの技術革新にも貢献し、一九三〇年代には、300《サンマルマル》Bといった真空管と共に劇場用のアンプとスピーカーが開発された。だからウェスタンの音で、ハリウッドの栄光は鳴り響いたのだった。その銘機が現在でも、マニアの手から手へ渡り続けているのである。

達也の父は、山月屋の創業者、岡社長のためにこのアンプを入手して補修している。

「安く手に入るルートがあるんですよ」

と、岡社長が開いた宴席で、ある瞬間、とっさに言った。軽い口ぶりを心がけて言った。岡社長は最近オーディオを始めたばかりなのだが、その夜、どこから知ったのか、「志賀くん、ウェスタンに詳しいらしいね」と話を振ってきたのだ。

いま、この波に乗らなければならない。

――プレゼントするのではかえって気を煩わせる。そもそもカネならあり余っている相手だ。

二つの教訓が思い浮かぶ。
(1) タダほど怖いものはない
(2) 短期のマイナスよりも長期のプラス

そのあいだを取ればいい。半額で、一応は買ってもらうとしよう。どうしたってウェスタンのアンプで、状態が良好となると相当の値段になる。すなわち「安く手に入る」というのは半分嘘だ。そういうことにするのである。

比較的状態のいい個体ではある。それでも配線の劣化はひどい。部品は、まだ生きているものは残すが、一部はデッドストックで交換する必要がある。

「ハンダを溶かして全部外して、やり直さなきゃダメだ」

達也の横で、だが、達也に向けてではないみたいにそう言った。父はそれを、一人の経営者として、誰かに命令するみたいに言った。

1

門のような高い鉄棒。二本脚だけの怪物。頭がない。

「だいたい頭がないようなやつがこういうのに飛び上がって飛びつけるんだよね」

と、達也は頭の中でつぶやいた。バカはバカみたいなものに飛びつく。バカみたいに高さがある。飛びつけるだろうか？　そんなジャンプ力はない。だから恥ずかしい、とも思わない。

達也は頭がデカい。と笑われることがあり、そう言われればそうかもしれないが、気になるほどじゃない。小学校のときに、ズビック（頭ＢＩＧ）というひどいあだ名をつけられそうになり、そのときはすぐ怒った。なんだそれ、やめろと怒った。そしたら立ち消えになった。

忘れたはずのその不愉快な名を、今朝ニュースを見ていて思い出したのだった。若い女性がビルの屋上から下を覗き込んで落下したというニュースである。危うく茂みがクッションになって、重傷だが命は助かったというからよかった。飛び下りではなく、ただの事故だったらしい。下の何を見ようとしたのかは不明である。

「頭が一番重いからな、体で」

と、サバの水煮缶に醬油を垂らしながら達也の父が言った。頭は重いのである。だから気をつけないと、そっちに倒れ込んでしまうのだ。

そのとき携帯電話が鳴った。父は、わざと声を高くして対応する。申し訳ございません、申し訳ございませんと繰り返し、開いた缶詰に向かってぺこぺこと頭を下げた。

「なに、どうしたの」

母が箸を中空で止め、わざと低くした声で言う。

「山月屋の加藤さんだよ。来週のチラシ、値段の修正があって、ファックスを送ったって言うけど、来てたかなあ？　修正されてないって。もう印刷しちゃったからねえ。全部やり直しだ。順子さんにまた頼み込むしかないなあ」

こういう電話が、志賀家の生活にたびたび割り込んでくる。加藤という山月屋の担当者に対し、父がつねに気をつかっているのを達也は知っている。順子さんというのは地元の印刷会社の社長で、山月屋のチラシだけでなく、父の会社の印刷物はすべて順子さんの会社が引き受けている。

電話のあいだ、達也はサバの水煮を見ていた。事故でぐちゃぐちゃになった内臓みたいで、あまり食べる気がしない。

それで頭がでかいと言われたのを思い出したのだが、思い出したところでどうでもいい。

次のニュースは、オウム真理教の続報だった。教団幹部の裁判がこれからどうなるかを話している。

地下鉄で毒ガスをまくという前代未聞のテロがあったのは春のことで、それからの展開も不可解なものだった。幹部の一人がテレビの取材陣に囲まれて、押しくらまんじゅうの状態で突然刺された瞬間！　事件だ！　決定的瞬間だ！　この教団が今まさに「悪」なのも吹き飛んで、ただ、すごいことになったというだけの非日常感が続いていた。

この年、一九九五年は異常な年だ。

年明けに阪神・淡路大震災があり、高速道路があっけなくウエハースのように割れて車の粒々が落ちかけている映像はショッキングだった。でも、そのハリウッド的な場面しか記憶に残っていない。まるで映画だと思った。そもそも達也にとって関西は想像の範囲外で、よその惑星みたいなものだ。オウム事件もテレビドラマに等しい。家も学校も、テレビの向こうとは関係ない。生まれ育った場所はそのままなのに、それ以外が急に地滑りを始めたみたいだった。

それでも、かすかな揺れがどこかから伝わっているのかもしれなかった。

バカみたいに高い鉄棒は、それを使って何かするものとは思えない。それは門、額縁で、ただそこに立っていて風景を切り取っている。

鉄棒の向こうに拡がるのは、あちこちに土が覗く芝生のグラウンドで、夏に雑草が伸び放題のところもある。まともに管理されていない。誰が管理するのかも知らない。この学校は学生にも適当だし、それは悪くなかった。

体育の授業は、進学校ではどこでもそんなものなのか、遊ばせておくだけ。あるときは体育館に集合で、バスケットになる。あるときは外でサッカーになる。同じ赤と紺のジャージを年中着ているハゲの体育教師は、躍動する少年たちを遠目に眺め、何を指導するでもなくタバコを吸っている。

ほとんど休み時間のこの「授業」で、他の連中は気味悪いほどにイキイキして、散歩を喜ぶ犬みたいだ。着替えが面倒。達也は、昔から体育が嫌いだ。体育は意味不明。教室から抜け出すのではなく教室に抜け出して、塾の課題でもやりたい。それでも、体を動かす気分の良さがあるにはあった。

空気の匂い。十月に入り、いよいよ本格的に秋になった空気が口の中を冷やし、そして全身が洗い流されるように感じる。長袖のジャージを着てフィールドへ走る。

　走ることはできるな。

と思いながら、達也は何人かと並んで一応は走って、人がいる方へ向かった。

　着替えて外に出て、また着替えて次の授業、というのを彼らも面倒がるのだが、いざサッカーが始まれば達也とはまるで別の生き物になるのが怖い。彼らは、どこを見てるのかわからない目、よその惑星にいる目になって、意味不明な興奮状態でボールを追いかける。

　達也にもボールに触れるチャンスは来る。この名門校の少年たちはいずれそれなりの地位になるジェントルマンの卵なのだから、運動音痴にも「サッカー体験」ができるよう気を利かせてくれるわけだ。

　ボールが自然なわざとらしさで回ってくると、さあどうぞ、レディ、とでも手を差し出されている気がする。そんな妄想が浮かぶ。

　達也は、いじめられているとは思っていない。

　どう走ればチームの利益になるのかわからないまま、ただ走る真似をしていると、役割を果たすようにとパスが回ってくる。だが、その意味を読み取れない。読み取れるのは、彼らが優しさを向けてくれたことだけだ。

　ボールを前に蹴る。ただ前に蹴ればいい。

視界の奥にそびえ立つゴールに向けて若い男たちが神輿をかつぐように秋の清々しい空気を運んでいく、そのうねる流れのなかで、達也は、何でもないただの物質として振動している。プレイヤーというより、自分がボールになる。一個の分子になる。意図を欠いた物理学によって、ビリヤードの球のようにぶつかっては弾ける酸素、二酸化炭素、窒素。それでも、楽しくなくはない。

達也は、優秀な生徒として存在が認められている。

体育の時間には、達也の意味は剝ぎ取られる。普段着ている意味を脱ぎ、脱がされ、誰でもない囚人服になり、番号で呼ばれるだけの存在になる。

「お前も同じだろ」

と、ナスみたいな紺色のジャージが言っている。

達也の瘦せた体には似合わない、ぬらぬらと光沢があって、「ゲキを飛ばしてる」みたいなその戦闘服に身を包むことが自分の何かを踏みにじるのだが、その恥ずかしさの意識が、いつからか達也の性器に重たく血液を引き寄せるようになっていた。

次の授業までの休み時間は一〇分。急いで着替えなければならない。

教室の片側からなだれ込む光で、肌をさらした少年たちが花瓶のように浮かび上がる。汗の臭い。汗臭いというより、かつお節の臭いだと達也は思った。

脚の毛がイヤだ。太ももにも尻にも生えている。もっとアイドルみたいにツルツルならよかったのにと、肌があまり人目に触れないよう着替えながら達也はうなだれる。ヒゲも濃くなってきた。体は細くて筋肉もなく、なのに男性ホルモンが無駄に多いのか体毛は濃くて髪も多い。

中学のとき、二年の頃だったか、陰毛の話で盛り上がった時期が本当にイヤだった。

「もう生えてる？」

と早口で言って、反応を試すのが疫病のように流行っていた。達也はそのときにはもうボーボーで、どうせそうなるなら恥ずかしがるのはおかしいと思っていた。しかし、みんなは逆に、恥ずかしがらないとおかしいと思っていたから、それに合わせて「まだだよ」と嘘をついた。むしろ嘘をつくことが恥ずかしかった。それは冬、校舎の前に立ち並ぶメタセコイアの下で、砂地をジャリジャリと白いズックで――白一色でなければダメという校則だった――なで回しながら、男子数人でそんな話になった。

窓辺でどっと笑い声が上がって、沈黙が張り詰める。

周りが向くのにつられて見ると、サッカー部の岩田が上半身裸で、腰に手を当てて仁王立ちになり、その前に誰かがひざまずいている。そいつが頭をゆっくり、除夜の鐘でも突くように前後させると、岩田は合わせて腰を悩ましげに揺らし、眉間に皺を寄せ、のけぞって「おお」

と声を上げ、それで一斉に笑いが爆発する。フェラチオの真似をしている。

阿久津だ。

こんなことするんだ、と驚いた。

どちらかといえば影が薄くてオタクっぽいのに、あのギラギラしたイケメンの岩田とこんなに馴れ馴れしくつるんでいるのは奇妙に思える。

その阿久津が、ずっと自分を陰湿にからかっていたという事実に、達也はつい最近まで気づいていなかった。

からかいは一年のときから始まっていたのだが、今年、二年になってすぐ、オウム事件があった頃、よく一緒に行動するKが家に来たときにそれを言われ、Kは言いにくそうだったが、達也としては、言われてもすぐにはピンと来なかった。それでやっと気づいたわけだから、阿久津とその一味——がいるらしい——は、長らく空振りを続けていたことになる。

授業中、ハハハと甲高い笑い声を誰かが上げると、それに続いて同じ笑いがあちこちで起きる。達也は、独り笑いというのか、無意識に笑い声を漏らす癖があるらしく、あれはその真似だというのだが、その癖も言われるまで意識していなかったし、とにかくそのことは完全に「アウト・オブ・眼中」なのだった。それに達也にとって、成績上位者のリストにいない連中など、壁の染みみたいなものなのだから。

確かに、ハハハ、ハハハという乾いた笑いが授業中にあった。何を笑ってるんだ、と不快になったかもしれない。ただ、そんなにしょっちゅうだとも思わないし、一番手にやるのが阿久津だとも認識していなかった。

わざとやっている気はした。この学校では、教師に対して、唇の隙間から「プシッ」と音を出して茶化すという風習があり、それをよくないなと思っていて、その一種かもしれないとも思ったが、だとしてもどうでもよかった。

入学式のあとに、新任教員の挨拶があった。

戦前からそのままの姿だという、深い飴色になった木造の講堂で、背の低いオッサンがちょこまかと演台へ歩いていく途中、プシッ、プシッという音が口々に始まった。上級生がやっている。新入生からはゴソゴソと怪訝な声が広がる。

台座に比べて小さすぎる彫像のようなその男は、満面の笑みで腕を開き、手のひらを下にやると、意外にも一同は静かになった。

「みなさん！」

と、目を見開いて第一声を発した。

「これからの時代は、英語とパソコンです。

みなさんの若い脳なら――」
「できる」
と言い終える間もなく、あの破裂音が、さながらお花見で一斉に缶ビールを開けたように湧き立ち、まばらな拍手がそれを追い、どよめきが広がるなかで新入生の緊張はついに弾け、まだ何者でもないコピーしたような隣の詰め襟姿にその日初めて本当にまなざしを送り、そして達也は、気の毒な人なんだな、と思った。

着替えが終わると次は英語の授業だが、達也には進みが遅すぎる。こんな数ページの英文を、パントマイムみたいな身振りでバカ丁寧に解説していく白髪で背がひょろ高い教師は、私の英語はイギリス英語だ、と自慢している――という自慢を、彼自身から聞いたことはないのだが。おそらく達也が入学する以前からそう噂されているのだ。しかし、実際どのあたりが英国風なのかわかる者はいなかった。

この春に、やたら筋骨逞しくて、いつかなる瞬間にも駆け出していきそうな若い白人男性のＡＬＴ（英語指導助手）がやってきた。アメリカ人、ロサンゼルス出身だという。それで、この件を誰かが尋ねたところ、「完全にアメリカ英語だ」との回答だった。話はすぐ学校中に広まった。だが、かのイギリス紳士が本当にそんな自慢を口にしたのかは、結局のところ定かでないのだった。

いつの間にか、ぬっ、とビルみたいな影が迫っている。

「閉じなさい」

達也は数学の問題を解いていた。年寄りがお天気の話でもしてるような授業など関係なく、苦手科目を優先すべきだからだ。手元には塾の問題集があり、一応、前の方には英語の教科書のいま説明されているページが開いてある。

教師はそれ以上何も言わず、同じアルファベットでも英単語ではなく方程式を示しているページへと視線を落とし、イギリスの資産家が預金の残高を確かめるみたいに、じっと慎重に目を細めている。

「すいません」

周りが見ている。

冷ややかに、でもない。生温かい視線である。「内職」と呼ばれる自習は、進学校では普通だからだ。それでも達也は、こういうときにハハハと笑うんじゃないの、と思った。心の中で自分をハハハと笑った。ところが、誰も達也の声を真似ることはなかった。授業が再開された。

英語の教科書を手元に移し、よく開くように手を押しつける。そのときの、手のひらが押し返される圧力を感じながら、なんとなく岩田の体を思い出していた。岩田の乳首は茶色だった。

それはべつに特別ではないが、「茶色だ」と思った。あの茶色。日焼けでいっそう茶色くなった茶色。コーヒーみたいに焦げた味がする茶色。

この学校に不良はほとんどいない。いないはずなのだが、それでも数人はいるので、やはりどこでもそういう「現象」は生じるんだな、と達也は興味深く思っている。岩田もその一人だ。岩田が不良なのはとくにベルトで、ネイティブアメリカンの模様が彫られたシルバーのバックルと、やけに目立つ明るい赤茶の革が、サッカーで鍛えた若々しい下半身を強調していた。その下から猛々しく立ち上がるペニスの存在――を意識させられ、達也はその意識にとまどっていた。

達也は、若い男への興味が持ち上がってくるたびに、それを半分認めつつ、半分は押し返そうとしていた。

ズボンを腰穿きにしてわざと裾を引きずってボロボロにするやつが三人くらいいる。あのわざと小汚くするのの何がいいのかわからないし、それに、あんな小汚いのを親が放っておくのだろうか。ほつれた裾から、灰色に汚れた上履きへと目が移動する。そのどん底の状態、ものがぐちゃぐちゃに潰れ、スクラップ工場のように折り重なり、混ざり合って黒くなって下へ下へ降りていく。そういう場所の臭いを嗅ぎたい。きっと、蕎麦つゆの臭いがする。

放課後に、Kが毎日のように家に遊びに来るようになったのは一年の後半から。二人は同じ中学から同じ高校に進んだが、以前は友達というほどではなかった。

中学三年のあるとき、達也がトイレで便器の前に立っていると、後ろからKが、「志賀くん、あの画集持ってたよね」と話しかけてきた。Kとしゃべったのはそれまで数えるほどで、「画集」って？　と記憶を探ると……たぶん、エゴン・シーレだ。世紀末ウィーンのエゴン・シーレの、奇妙に歪んだ水彩の人物画が好きだという話をしたことがあった。ほかには何をしゃべったか思い出せなかった。歪んだ枯葉を思わせるシーレの線と色、それだけが二人の接点だった。

シーレには、有名な作品で、自慰をしている自画像があった。それが「やばいよね」と言い合ったのだった。それで画集を貸したはずなのだが、いつどうやって渡したのか覚えていない。あの段階では、家に遊びに来ていないはずだ。

二人は同じ高校に進んだ。Kは美術や音楽をよく知っているので、Kと会えるのが学校へ行く楽しみになった。

達也はスポーツと理系が苦手で、それはつまり「男らしいもの」が苦手なのだと思っている。そう決めつけて、同い年の男たちから自分を進んで村八分にすることに、密かな喜びを覚えている。文系科目は優秀だ。だがそれより、美術に興味があった。それでも、本気でデッサンをやって美大を目指すほどではなく、それで食べていけるとも思えないその関心をどうしたらいいのか、わからないままだった。

同性に対する関心も、である。

わからないままだった。たびたび湧き上がってくるその熱っぽい感覚をどうしたらいいのか。達也が男らしいものへの嫌悪をつのらせていくと、あるところでそれは強烈な欲望に裏返る。我慢の限界まで強まった虫刺されの痒みを、ある瞬間、意を決して掻きむしるように。男らしさの耐えがたい恥ずかしさ、それを掻きむしるのである。

達也はKと、Macintoshを使って一緒に作曲をするようになり、「ルネサンス」というユニットを結成した。その名前は適当につけた。カッコよくしようとしないのがむしろカッコいい、という主義で二人は一致していた。唯一Kだけが、そのセンスが説明なしで伝わる同級生だった。

二人で遊んでいる。のだが、「二人で」なのかは微妙だ。

片方が作曲に入ると、もう一方は隣の部屋でマンガを読んでいたりする。時間が経って交替する。途中までつくったところに他方が新たなパートをつけ加え、やめたところで曲は完成。だから曲はCMのテーマみたいに短くて、ふざけたもので、それでいい。曲名を考える段階で、やっと二人一緒の時間になる。やはりふざけた曲名を出し合うのだが、いかに「明後日の方」

に行くかを競い合っている感じで、二人で話してはいても、ずっと一人ずつなのかもしれなかった。

初めてKを家に連れてきたとき、Kはすぐ Ｍａｃにかじりつき、操作の仕方は尋ねるのだが、説明すると「ちょっとやらせて」とヘッドフォンをつけた。たちどころに、もう話しかけられなくなる。達也はその問答無用ぶりに圧倒され、すごすごと隣の部屋に待避した。相手にしてもらえない猫になったみたいに。本でも読もうとしたが、集中できず時間ばかりすぎてしまう。それで、思い切って声をかけた。

「せっかくなんだから、ちょっと一緒にやろうよ」

それでもKは別の世界から出てこない。達也はその部屋にあるアップライトピアノをわざとうるさくかき鳴らしてみせる。膠着状態は続いた。いつまでも続くかに思われた。

「交替でやろうか」

突然、Kは口を開いた。

達也はそのときのはっきりした、言葉が目に見えるような発音をよく覚えている。Kという人物に本当に出会ったのは、そのときだった。

その場面を覚えているということは、中学のとき、エゴン・シーレの画集を貸したときにはたぶん家には連れてきていない。あの、なんとか「二人で」遊びたいと懇願したときのあの感じ、あれが最初の日なのだ。

曲作りをしない日もある。達也の家には本やマンガがたくさんあり、Kは図書館のように利用していた。少し前から、達也が作曲にかかるあいだ、Kは吉田秋生の『BANANA FISH』を読んでいたが、その日は、来てすぐに続きを読み始め、そうなるとどうしようもないので、達也はイライラしながらピアノを弾いていた。確かそれはショパンの短調のワルツで、その盛り上がりがマンガの感じにちょうどよさそうで、BGMのつもりで、もちろん邪魔するつもりでガンガンに弾いていたのだが、Kは動じない。そのさなかで、

「よくないよなあ、阿久津の。イヤでしょあれ」

みたいに言った。よくない？

あの阿久津か。

──それで、少し考えてみると、重い引きだしが急に飛び出したように、達也はやっとわかった。「あれ、僕の真似してるわけ？」と訊くと、Kは、真っ黄色のまさしくバナナ色をしたコミックスから顔を上げて、「そうだよ」と言った。

「いままで気づかなかった」

Kは眼鏡の後ろで苦笑いして、続きを読み始めた。

阿久津にからかわれていた。ということより、笑い声を漏らす癖があること自体、指摘され

るまで気づいていなかったという事実に驚いたのだった。

知らない部屋が家にあったみたいだと思った。

体毛は気にしていたわけだが、声はべつに気にならなかった。じゃあ、自分の体のどこを見ていたのか？　自分のあちこちが欠けているみたいじゃないか。達也はそんなふうに思って、もっと気にしなければいけないことがほかにもあるんじゃないかと不安になる。

外は暗くなり始めた。Kは『BANANA FISH』を何巻か読み終えると、スタジオの白い壁が紫がかって見える窓に向けて伸びをし、そしてバックパックからCDを取り出した。

「これいいよ」

「何？」

「アシッド・ジャズなんだけど」

メンバーが斜めに構えてポーズを決めているジャケットに、メロンのような緑色のマークがある。それに合わせているらしい緑色のスラックスを穿いた黒人がいる。達也はアンプのスイッチを撥ね上げた。町工場の古い機械にでもありそうな、イチゴのドロップに似た大きな赤いランプが点灯し、ただちにスピーカーから、
ブーン
という低い音がして、部屋全体を何かねっとりとした溶液の中に沈めていく。

「真空管を古いやつに変えたんだ。親父がやっと手に入れたって。古いほどいいらしいんだけど」

達也の部屋にあるアンプは、ウェスタン・エレクトリックの真空管、300Bを使った父の自作のもので、それが、父が入手してきた同じくウェスタンのスピーカーにつながる。電球のような真空管は上部にかすかなオレンジの光が灯り、その周りに箱形や筒状のパーツが肩を寄せ合って、小さな都市を成している。真空管アンプは、ビル街に似ている。

当初は、七〇年代に生産された300Bを挿していたが、最近父は、オーディオ仲間の野村さんの伝手で、戦前に生産されたヴィンテージ中のヴィンテージ、*Western Electric* の文字がソケットに彫られた「刻印」と呼ばれるものを手に入れ、達也にテストさせているのだった。

どうして古い方がいいのか？　達也は父に尋ねた。

「昔のほうが部品の質がしっかりしてる」

これが最初の答え。別の日に訊くと、

「昔は真空率が甘くて、かえってそのほうが音がいい」

のだとも言う。とすると、製品として完璧なほうがいいのか、そうじゃないほうがいいのか、どっちともつかないわけで、なんだかおかしな話のような気がした。

オーディオは怪しい。

だが、機器を交換して比較すると、「良い音」なるものが確かにあるのだと、達也の耳にもわかるのだった。それは、高音がよく伸びるとか低音の迫力があるとか、そんなことではない。みずみずしさ、存在感、空気感、音がそこにある感じ——それはうまく言葉にできない。にもかかわらず、聴いてすぐわかるくらいの違いがあるのだ。

「そのシンバル、そこ!」

達也の父はよく、試聴しながら、スピーカーの間に囲まれた空間の、どこかの一点を指差した。評価の基準は、指差せる先が「見える」かどうか、なのである。幽霊が出現する。ウェスタンのすごさは、音楽を聴かせるというより、幽霊を見させることにある。

スピーカーは、直径十五センチほど。それひとつで低音から高音までをカバーするフルレンジである。それが赤松の箱に収まり、ベランダへと出られる窓の左右に台を置いて、その上に載せられている。達也の勉強机は、その前にある。

シャンパン色の円盤を、プレーヤーのトレイに載せる。そして押し込むと、黒一色の硯のような本体に、滑らかに吸い込まれていく。棺桶が、火葬場の炉に吸い込まれていくように。回転が自動的に始まる。

バン、という最初の音。

ドアがひとりでに風で閉まったような音、それはスネアドラムの打撃で、それに続き、どこか干からびた土地を行く動物にまたがったようなビートの合間で、達也はKに視線を送った。Kはずっと正面を向いていた。


その夜、待っていた名前は画面になかった。

日付が変わるあたりでチャットルームに入る。人が集まるのは深夜だ。

チャットは真っ黒な背景で、その夜空に浮かび上がる白と赤の文字が目にチカチカする。左側に並ぶハンドルネームが深夜の赤信号のように光り、右には、白抜きの文がデコボコの棒グラフとなって並んでいる。

最近、同じく高校生だという人物と、このチャットでやりとりしていた。その名前が今夜もあるだろうかと、毎晩期待するようになっていた。彼はときどきしか現れない。

夏休みの直前に、達也のＭａｃがインターネットに接続された。

パソコン雑誌でインターネットの特集が組まれるようになった。ネット接続が容易になるWindows 95のリリースによって、普及が加速するという話だった。東京の方ではそうなのだろう。Ｍａｃを使ってきた達也にWindowsのバージョンは関係なかったし、それに高校生がやろうとしてできるものではない。設備と料金が必要なのだから、自分には関係ないと思っていた。だがふいに、父の仕事に巻き込まれるかたちで、達也の生活は急変したのである。

山月屋が、ネット接続を提供する「プロバイダー」という事業を始めたので、父の会社でも契約し、ファックスで行っていた連絡をネットに切り換える試みを始めた。と同時に、息子にも与えて実験させれば、何かと可能性が見えてくるだろうと考えたのだった。

平日の放課後、父が山月屋の加藤を家に連れてきた。

青いブレザーで、買ったばかりのような真っ白の靴下を履いた、あまり背が高くない男だった。話に聞いてはいたものの、こういう姿なのかと思った。頭がデカいな、と達也は思った。自分の頭がデカいと言われても実感がないが、人の頭がデカいのはわかる。眼鏡が下がるのを気にしているようで、つるに手をやっている。達也も眼鏡のつるに触れる癖があり、そのガリ勉っぽい癖は十分に自覚を持っていた。わざとやっている意識もあった。周りを撥ねつけるために。

「お父さんに似てらっしゃる」

加藤は達也の部屋を見回して、へえ、と言う。

「本がたくさんありますね」

「似てますか」

「似てますねえ。こう、笑顔のつくり方が」

ここ置かせてもらって大丈夫? と、クリアファイルに入った書類を勉強机に置いた。アカウント名とパスワードが書いてある。

「ちょっとマッキントッシュはね……ああ、ここで設定するんですね。あまり触らないもので」

電話線はあらかじめ準備し、背面に差し込んである。リビングから長々と灰色の線を引いてきて、ドアの端に切り込みを入れて通したのだった。

これって電話を引いたってことで、いいんだよな？　と達也は思った。子供部屋に電話がある。それは悪しきことに思える。不良みたいじゃないか。なのに、それがこの状況でうやむやになっているのが変な気がした。

加藤がボタンをクリックすると、ポパパポパパ、とすばやく番号を叩く音が最初にした。やっぱり電話なのだ。それから、ピー、キュルキュルと、今度はラジオのチューニングに似た高い音が続く。そしてザーッというホワイトノイズになり、それはテレビの放送終了後の砂嵐のようで、それが少し続いてから途切れ、無音になった。

大気圏を抜けて宇宙に出たみたいだった。

ひとつの命が終わったみたいだった。

「つながりました」

――という、その三段階でギアチェンジするノイズを儀式としてもうひとつの世界に入るのが、新たな夜の習慣となった。そしてほどなくして達也は、同性愛の世界を見つけることになる。本当に、生きている同性愛の世界である。掲示板とチャットがあるゲイサイトがすぐ見つかった。

チャットは二つ部屋がある。人が集まるのは「メイン」の方なのだが、残念ながら待っていた高校生がいないので、達也は一応「サブ」の方も覗いてみることにした。

名無し　＋＋＋＋＋＋＋＋＋＋＋＋＋＋＋＋＋＋＋＋＋＋
名無し　＋＋＋＋＋＋＋＋＋＋＋＋＋＋＋＋＋＋＋＋＋＋
名無し　＋＋＋＋＋＋＋＋＋＋＋＋＋＋＋＋＋＋＋＋＋＋
名無し　＋＋＋＋＋＋＋＋＋＋＋＋＋＋＋＋＋＋＋＋＋＋
名無し　＋＋＋＋＋＋＋＋＋＋＋＋＋＋＋＋＋＋＋＋＋＋
名無し　＋＋＋＋＋＋＋＋＋＋＋＋＋＋＋＋＋＋＋＋＋＋
名無し　＋＋＋＋＋＋＋＋＋＋＋＋＋＋＋＋＋＋＋＋＋＋

ハンドルネームを入れずに「名無し」になった投稿で、まったく同じ、無意味な記号列が続いている。再読み込み《リロード》をしても変化しない。新たな投稿が増える気配はない。なぜ＋の記号なのか不明だが、ただ埋めているだけらしい。誰も来ないから埋めたのだろうか。無意味がただ並ぶその光景が、マンションの窓のように見える。この向こうに人間が本当にいるのか、いたのか、わからない。このマンションに人が住んでいたのだろうか。

自動的にプログラムで埋めているのかもしれなかった。と考えてみると、賑わっているメインの部屋にしても、本当に人間がいるのかわからないなと思い、達也はハハハと笑った。いま、自分は笑い声を出したな、と思った。

2

オリオン通りという、そこから宇都宮の「街」が始まる中心部のアーケードを抜けた先に、達也が通う塾がある。週に二回、木曜と土曜に通っている。

東武宇都宮駅とくっついた東武デパートから、JR宇都宮駅の西口までの地域を、達也の家族はひとことで「街」と呼んでいた。達也の家は東武線の方にあり、そのため東武を起点にして見ている。他方のJR宇都宮駅だが、達也がJRの在来線に乗ることはめったになく、宇都宮駅とは新幹線の駅であって、それは、はるか東京へと飛んでいくロケットの発射基地なのだった。

東武宇都宮駅＝東武デパートの前にスクランブル交差点がある。それに面して、デパートの一階には、七〇年代から続くイタリア料理店があった。喫茶店のナポリタンくらいしかなかった時代に、宇都宮でいち早く本格的なスパゲッティを出した店である。薄暗い店内には、テーブルクロスがほの白く花咲いて光っている。その向こう、ガラス越しに見える交差点の雑踏が、達也にとって「街」なのだった。

その店の対角に、透明な屋根のついたオリオン通りが洞窟のように口を開けている。

オリオン通りは、途中で一度切断される。

ある程度行くと、南に市役所、北に県庁がある中央通りにぶつかる。そこまでの前半を、達也は勝手に「第一オリオン通り」、その先を「第二オリオン通り」と呼んでいた。

達也は以前、第二オリオン通りの先に、まだ続きがあるという夢を見た。つまり「第三オリオン通り」があるというわけだ。実際には、その先は雑居ビルがごちゃごちゃしたエリアになり、そこに塾がある。

東武前の交差点に始まる、「街に来た」という興奮が終わらないでほしい。そんな素朴な願いが夢に表れたのだろう。達也はその夢を何度も見た。

第二オリオン通りの最後には、映画館があった。

その一階はパチンコ屋で、同じ経営者だという話で、その脇にチケットの窓口がある。エレベーターで上がる。映画とは、そのどんづまりまで行って観るものだ。達也はかつて母に連れられて、そこで初めて映画を体験した。

スピルバーグの映画だった。というのは不正確で、当時観たものを調べたところ、スピルバーグは「製作総指揮」の一人であり、監督したわけではなかった。『未知との遭遇』や『E.T.』は上の世代のヒット作だが、その後にスピルバーグが関わった、子供にも楽しめるハラハラドキドキの映画を、達也はすべてスピルバーグ作品だと思い込んでいた。

塾の建物はレンガ色のタイル張りで、かなり古いものだ。エレベーターも見るからに旧式で、停まるときに揺れてゴクンと音を立てる。

達也は、中学二年から一番上のクラスになった。そこにいるのは、達也が属する県立トップの男子校、それに対応するトップの女子校の生徒がほとんどで、加えて私立の特別コースの生徒もいる。国立大を目指すクラスである。

「やばくない？　観たでしょ、昨日」

同じ学校だが、学校ではあまり付き合いがない理系の宇賀神くんが、先週の水曜から放送が始まったアニメの話を持ちかける。十四歳の少年がロボットに乗って戦うアニメだ。あるとき突然、無理にロボットのパイロットにさせられる。乗り気でない主人公が否応なく何かに巻き込まれるというのは、物語の典型的なパターンではある。

「途中から観たからよくわかんないんだけど」

「最初っからやばいんだよ」

少年が戦う敵は「使徒」と呼ばれているが、それは正体不明の存在である。なぜか緊急事態になり、奇妙な敵が襲ってくる。ともかく、世紀末を目前にして異常なことが続いているこの年らしいアニメだった。

そのアニメの世界では夏が続いていた。

近未来の設定らしく、何が原因なのか地球の気候が変わってしまった。舞台は、どこか山間部につくられた「新たな東京」で、そこが、というかおそらく日本全体、もしかすると世界中がずっと夏で、テレビの向こうではまだ蟬が鳴き続けていた。

蟬がいつ、こちらの現実で鳴き止んだのか、達也はまったく気にしていなかった。八月いっぱいまで？　そんなに長くなかっただろう。お盆の頃にはまだ聞こえていたが、その前後から記憶が怪しい。九月になり、十月になり肌寒くなって、達也はウールのジャケットをはおり大人ぶって塾に来ているが、青白い画面から放射されるあの夏の音と同じ音がふと街で聞こえてきても、何の疑いも持たないかもしれない。

英語の講師が入ってきて、おしゃべりが止む。

「お前らニュース見たか。「ああ言えば上祐」ってな、言ってたなあ。上祐も逮捕されたなあ。お前ら、口ばっかりじゃあダメなんだぞー」

佃煮みたいに固まったオールバックを輝かせ、須藤というその講師は、最後を尻上がりに伸ばして言った。スーツの胸ポケットから深紅のチーフが覗いている。そのわざとらしい格好は、きっとウケを狙った演出なのだ。

「だが、先生はしゃべるのが仕事だ」

実際には栃木の人ではない。栃木弁もウケ狙いなのだ。塾の本部は関西にあり、講師は全国から集められている。関西のお笑い文化が社風にあるようで、派手なパフォーマンスをする講師が多いのだった。しかも、須藤は栃木人ではないどころか、清朝を支配した満州族の系譜だと自称している。それもネタなのかもしれないが、皆に「エンペラー」と呼ばれていた。

エンペラーの授業は、あのイギリス紳士とは比べものにならない緊張感である。プリントが配られ、短時間で英文を読み、ただちに質問される。その場で和訳させたり、文の構造を説明させたり。その答え方に思考の癖を透かし見て、英文の捉え方を整体のように直していく。それは頭の深いところに手を突っ込まれるような体験だった。しばしば不快で、恐ろしくも感じた。自分が変わっていく感じがあった。

だが、その指導も口から出まかせみたいなもので、立場の弱い少年少女が感じ入っているだけなのかもしれない。上祐というオウム真理教のスポークスマンは、テレビの人気者みたいになっていた。いまその名前を言われて、結局大人が言うことは全部宗教みたいだ、と達也は思った。

日曜日、十月十五日、小雨。

部屋から線路が見える。勉強机から目を上げると、ベランダの向こうに水平線のように黒い柵が見え、線路の茶色が見える。降っているような降っていないような雨の日で、風景が白っぽくけぶっている。

電車はたまにしか通らない。小さい頃から同じ風景だから麻痺していて、達也は電車を意識していない。線路がある。ただ線路があり、区切られている。向こう側へ行くには、線路沿いの道の先にある踏切を渡らなければならない。

ガガガガッと、道路工事でも始まったような音がして、達也は立ち上がって外を見た。スタジオの一階部分のガレージに、青い車が突っ込んで止まっている。またエンジンがかかりゴクンゴクンと揺れ、なんとか進んで建物の下に収まった。古い外車。カタツムリのようなずんぐりした車。野村さんのシトロエン２ＣＶだ。そのオンボロの車を野村さんが平気で乗っているのを達也の父はよく笑い話にしていた。シートは破れてスポンジが飛び出していて、ガムテープで塞いでいるのだという。

この日は、野村さんがアンプを引き取りに来ることになっていた。達也は朝から数学の勉強をしていて、問題を一個一個解くのは岩を粉砕するみたいな作業だった。

スタジオの外階段を傘も差さずに、日焼けなのか元からなのか、かりんとうのように黒く、痩せた男がゆらゆらと上っていく。アロハとも違う言いようのない柄の、薄汚れたような褐色の半袖のシャツを着ていて、ボサボサの長髪で、大きな眼鏡。

その姿がスタジオに消えるのを見ているあいだに、電車が通過した気がした。視線はその人物に釘づけだったから、車両がやってくるのは見えなかった。意識を部屋へと戻すときに、去っていく音がわかり、達也は急いでベランダの方へ顔を向けた。遠ざかる電車はぎりぎり視界の端に引っかかったが、少し強まった雨の向こうに消えていって、音だけがしばらく残っていた。

すぐ大人たちに混ざろうとするのも恥ずかしいし、時間稼ぎをしようかと達也は迷う。だがすぐ帰るかもしれない。結局、ベランダに出てスタジオに行くことにする。

ドアを開けると、石鹼水のように煙で濁った空間に光が斜めに差し込んでいて、アンプが載った作業台のそばに立っている二人の姿、そして、家族じゃない匂い。野村さんといえばこの匂いで、東南アジアのタバコなのだという。確かに南の方の、名前がわからない果物が山積みになり、土ぼこりと羽虫が舞うなかを人がごったがえしている——みたいな匂いで、実際、野村さんは年の半分くらいを南の方の、フィリピンだかどこかの島で暮らしているのだそうだ。

現地の一家に気に入られ、部屋を与えられていて、いつでもそこに「帰れる」らしい、と達也の父は言っていた。

すっかり秋だというのに、煙がもうもうのスタジオは暑いほどで、雨が梅雨みたいな気がして、感覚がおかしくなっている。野村さんの独特な姿のせいで季節が混乱しているのかもしれなかった。

達也は野村さんに小さい頃から会っているが、いつまでも慣れない人物だ。それ以上に、達也はまだ、立派な大人と話すには勇気を出す必要があった。ただの挨拶なのに、ステージに立つようにドキドキしながら、野村さん、お久しぶりです、と話しかけた。

「おう」

達也を見るでもなく、低く言って、野村さんはタバコをふかしている。

作業台の上は、先日の夜と同じ様子だった。裏返されたアンプがあり、その中では、あみだくじのように線が行き来している。

「野村の配線はすごいんだよ、全部張り替えてもらう」

父も煙を吐き出しながら言って、一枚の黄ばんだ紙を達也に手渡した。それは回路図で、そうであることが達也にもわかった。この大きな記号は、大きさからして真空管だ。ギザギザしたやつは抵抗、それは知ってる。

「簡単だろ」

野村さんがそばに来ると、食べず嫌いのスパイスみたいな匂いで達也の身が固くなる。この志賀家に、別の宇宙が接近して、飲み込もうとしているのである。

野村さんは、ジャングルで一番賢いサルのように節くれ立った指を回路図の上でひょいと動かして、言う。

「電気信号を増幅する。音を大きくする。それだけだ。コンピューターじゃない」

父が息子の方を向いてそれに続ける。

「仕組みは簡単だ。このくらいの回路図は習ったろ。しかし音ってのはわからないね。部品がしっかりしてるわけだが。日本製じゃあ、すぐダメになる。野村にチェックしてもらうが、ついてる部品はだいたい生きてるだろう。コンデンサーも行けるのもある。

なんでいい音なんだろうな。秘密があるんだな」

「秘密なんかねえよ」

野村さんが笑って、胸ポケットからへしゃげたタバコの箱を引き出した。

「一番普通の設計だ。お前に科学は向いてないな」

タバコを取り出して火をつけようとして、野村さんは咳き込んだ。

話を聞きながら達也は、手渡された図面にときどき目をやっていた。線が分かれて小部屋に入っていく。その様子を、神様のように上から眺めている。トイレみたいだな、と思った。便器が並んでいるのだ。

そのとき、背後から光が大きく膨らんで、

「汚いところですいません」

と、母が入ってきた。お客さん向けの、わざと高くした声だった。お盆にマグカップを載せていて、周りをチラチラ見ながら父の方へ歩いていく。

「どこに置いたらいいかしら」

作業台の真ん中には裏返された鉄の塊があり、紙くずやら部品を入れた箱やらでスペースがない。

野村さんは、どうも、と言ったきり、駐車場の監視員みたいに突っ立っている。何かどけたほうがいいかなと達也は思うが、先に父がガサガサと雑誌やらコンビニの袋やらでゴミ捨て場になったエリアに手を伸ばし、担ぎ上げて、そのひと山を床に下ろしているあいだに、母が空いたところにカップを置いていく。三つのカップが、ボーリングのピンとなって三角形に並んだ。

野村さんが来るのは前からの予定だったから仕方ないとはいえ、良くないタイミングだったと達也は不安になる。昨夜ちょっとした事件があったからだ。

志賀家の夕食は毎日きっかり六時に、一階のダイニングで、焦茶色の長いテーブルを囲んで始まる。祖父が先に、五時から晩酌を始めており、その一時間のあいだテレビはたいがい相撲を映しているのだが、画面がニュースの水色の背景に切り替わるそのときに、父以外の全員が集合する。

昨日の夕食はつつがなく終わった。酒癖がひどくて家族を悩ませてきた祖父は、相変わらず焼酎を飲み続けて酔っていたが、昨日は変な説教や愚痴を言い始めることもなく、よろけながらさっさと寝室に行ってくれた。

達也は食べ終えて、キッチンで片付けが行われているあいだも、しばらく一人でニュースを観ていた。事件を起こした宗教を、危険性が言われ出す前から取材していたジャーナリストが、元信者にインタビューしている。変調され匿名化された声は、ピーチクパーチクいう鳥の声のようで、黒板を引っ掻くような神経にさわる音も混じり、達也はこの場面が早く終わらないかと気を揉んでいた。

「トモダチニ　サソワレテー　アヤシイッテ　ワカッテタンデスケド　デモ　トモダチ　ヤメラレナイ　ジャナイデスカ？　タイヘンデシタ　ゼンブ　ニンゲンカンケイ　ヤメナイト　ム

リダッテ　ワカリマシタ」

廊下が軋む音がした。祖母がトイレに行き、ついでに祖父の様子を見てから戻ってきた。そしてエプロンで手を拭きながらキッチンから出てくる母に、「あのよお」と話しかけた。

「おれ、腹痛えんだけど」

「どうしたの？」

「ハンバーグ、あれ生焼けじゃなかったかい。赤くなかったか」

「ええ？　私は大丈夫だったけど」

「ああ、ちょっと赤かったかも」

と、達也は席を立って母の横を通るときに言い、ごちそうさま、と二階へ上がった。

そのあと達也が部屋にいると、ドアがノックされた。

「何？」

ちょっといい？　と母が入ってくる。

椅子を回転させて後ろを向いた。母の顔には無駄な肉がない。その顔に緊張が走り、皮が引きつって、いかにも悲しげな皺をつくっている。

「なんでママの味方をしてくれないの」

一瞬、何のことだかわからない。

「味方って？」

「生焼けだったなんてなかったでしょ」

「ああ」

そう言われてやっとわかる。母はいまにも涙を流しそうに見えるが、悲しみではない、怒っている。

「だって、そうかなと思ったから」

「ああいうときはママの味方をするの」

強い口調だった。そう言われたら二の句を継げない。だが——ちょっと赤い気がしたのだった。祖母が言うのを聞いて、赤みが見えた気がした。いつかの夕焼けの空を思い出すように、その色彩がふっと浮かんだのだが、いま、自分の感覚はぜんぜん信じられない。達也はごめんと言い、じゃあ勉強してるから、と椅子を回すと、母は部屋を出ていった。

達也の母は、この家に、血のつながっていない他人としてやってきた。達也自身はここで生まれたのだから、母がただ一人特別な存在なのだということが、ずっとわからなかった。その「問題」がわかるようになったのは、高校に入ってからだった。母はこの家ですべてを再開した。すべてが一度空白になった人なのだ。

達也は中学まで、結婚したら自分の両親と一緒に住むのは当たり前だと思っていた。そういうものとしての結婚が、いつか自分にもやってくるのだろうと漠然と思っていた。

達也はその夜、部屋から出るのを最小限にしていたが、いつも通り九時頃にカーテンに車の光が浮き上がって、父が帰ってきたとわかった。それも無視して、達也は勉強を続けた。そして遅くなって、今度はベランダに面するガラスがノックされた。父が片手にコップを持って覗き込んでいる。それで、音を立てないようにゆっくり開けると、

「あとでママに謝っといてよ、な？」

と、ひそひそ声で、すばやく言われた。

わかった、とうなずくのも違うし、首をひねるような曖昧な応答をするしかなかった。

翌朝、つまり今朝、達也はそのことを忘れていた。

朝食もつつがなく行われた。いつものようにサバ缶がある。達也と父は、それに加えて卵かけご飯にする。先日、朝は塩分が必要なんだ、と父が言い出した。週刊誌で読んだのである。真っ黒になるまで卵に醤油を入れるべし。父の情報によれば、塩分の摂りすぎがよく言われるが、むしろ塩分不足こそ問題なのだ、と医者が言っていたそうである。

父は、常識の逆を行く男なのだ。

「皆が行く方向に行かない。それだけで勝てる」

これが父の哲学だ。その継承者を自負する息子は、同級生に対して冷ややかな優越感を抱い

ていた。だが、塩分の摂りすぎはよくないというのが、やはり科学なのである。こんなことで我が英雄が体を壊したら大変だ。後日その記事をもらって、生物の先生に訊いてみることにした。

今年、達也が二年になって着任した生物の尾上《おのえ》先生は、その奇行によって瞬く間に少年たちの尊敬の的になった。専門はナマコの分類で、新種も発見しており、オノエなんとかミナミナマコというその名を冠したものが小笠原にいるというのである。生物全般に詳しく、いかにも男子が憧れるようなハカセで、授業中にシダ植物が話題になれば、教室から中庭へ飛び出して何かむしり取ってきて、神懸かったようにとめどなく語り続けるのだった。

尾上先生の部屋には大小の水槽があり、流木か犬のウンコみたいなナマコたちがひっそりと休らっている。そこを放課後に訪ね、醬油の件について訊いた結果、

「やっぱり、何事もやりすぎはよくないんじゃないですか」

との返答を得ることになる。

朝、しばらくのあいだ昨日の記憶は押しやられていた。だが、かき混ぜた卵に醬油を注いでいき、ひどい痣のように黒く濁るのを見ているときに、

「昨日、ママの「問題」があった」

と、思い出したくないのに思い出した。夕食後のやりとりの最中、朱色のREC《録音》ボタンを押

さないようにしたみたいに、たぶん、忘れようとしていたのだ。

あとで謝っておけ、というのが父に出された宿題で、だがどんな隙を狙って声をかけたら正解なのか、わからない。一日経ってから、「あのことだけど」とか言うなんて、とてもじゃないが耐えられないと達也は思った。

母はいつもと変わりなく食事をする。機嫌が悪いんじゃないかと思おうとすれば思えるような、冷ややかで、つるっとした、透明な平穏さである。

そのとき、その朝の平穏を引き裂くように携帯電話がまた鳴って、父は座ったまま対応した。お大事になさってください、お大事に！　と、芝居がかった声で言った。

「どうしたの？」

母は、わざと低くした声で尋ねる。

「加藤さんだよ。痔の手術で入院することになったって。

またミスかと思ったよ」

「そんなこと？」

達也が言うと、そのまま母は立ち上がって食器を重ね、キッチンに持っていった。水の音がザーザーと鳴った。

三角形に並んだマグカップのひとつに最初に手をつけたのは、達也だった。

「いま、忙しいだろ」

と、斜めに並ぶ残り二つのカップに手を伸ばしながら、父は野村さんに言った。

「いつでも俺は忙しいぞ」

「すまんね。ただ、期限があるんでね」

岡社長は、十一月に入ってから、遊び仲間の社長連中を集めて、アンプのお披露目の会を開こうとしている。古いオーディオに合わせ、入手が難しいヴィンテージのワインを用意して飲み会をするというのである。それに間に合わせるために、前もって引き渡さなければならない。

「お前なあ、「期限」ってなあ、それが人にものを頼む言い方か？」

「ああ、すまん」

アンプは、ステレオで使用するため、同じものが左右二台ある。製造当時はまだモノラルの時代であり、本来は一台で完結するものだ。同じ機種を二台入手し、特性にバラツキがないよう調整しなければならない。一台探すだけでも容易ではないから、この付け届けは手がかかっている。

野村さんはちょっとコーヒーを啜り、またタバコを吸って、じゃあ、と一台を持ち上げた。重さは相当あるが、部品は一部外してあるから、なんとか一人でも持てる。続いて達也の父がもう一台を担いだ。そして達也の出番である。

達也は、ここぞと大人の男二人の前に、ロンドンの衛兵のごとく歩み出て、外階段に出るドアを開けた。光だ。真っ白なフラッシュが押し寄せてくる。スタジオの外がむしろ、スクリーンを敷き詰めたスタジオであるかのように。

雨は上がったのだろうか。何の変哲もない住宅街の風景を掻き消すように白い光が炸裂するなか、いままで立ちこめていた南方の異臭から解放されるにつれ、達也は、普段はわからない外の匂いが浮き出してくるような気がした。それは非常にかすかな、何かが焦げているような匂いだった。

3

　このところ母はずっとピリピリしてるんじゃないかと達也は気にしていた。下手に触れると感電する。夏休みが終わり、新学期が始まってすぐ、妹の涼子が母を激怒させたからだ。タバコが見つかったのである。

　母からすれば、それは世界が終わる天変地異だと言っても過言ではなく、叱ってやめさせるだけでは気が済まないはずだ。達也の母は、志賀家において、秩序を保つことに必死なのだった——祖父母がいる一階の、ものごとのけじめが煮魚のように崩れてしまう暗がりに、二階という救命ボートが飲み込まれないよう必死だったのである。

　しかもそれは、涼子の誕生日の直前だった。だからパーティーは今回はなしか、と達也は思ったが、そうではなく、ケーキは父が買ってくる、ただプレゼントはなしになったらしい。考えてみると——祖父母には隠さなければならない。祖母はともかく祖父が何を言うかわからないから、何事も起きていないかのように、例年通りパーティーを行う必要があるのだ。

妹は、現場を押さえられたわけではない。スタジオの下に吸殻が一本あった。それが見つかり、吸ってるでしょと指摘されて、認めたのだという。

だがどうして認めたのか？　否定しなかったのか。最初は否定したけれども、嘘でしょ、とか責められて、結局は認めざるをえなかったのか。そのどうにもならない感じが想像できた。妹は、美しい母の前でごまかし続けることに耐えられなかったに違いない。達也の母は、美しい人だ。達也はそう思っており、家族が皆そう思っている。祖父母もそうだ。

母の顔の、ゆで卵のように滑らかな表面が、秩序である。

スタジオの一階部分のガレージは、その奥に、母屋のボイラー室へとつながる、塀に沿った細長いスペースがあり、そこは雨ざらしで土が剝き出しで、黄緑の苔が生えている。達也は小さい頃、友達とよくそこで立ち小便をして、それが栄養になって苔の楽園ができたと信じているのだが、涼子はそこに潜伏してタバコを吸っていたのだ。

彼女は高校受験を控えているが、成績の伸びは芳しくなかった。母は娘に、自分と同じく県立二位の女子校に行ってほしいと願っていた。父は二位の男子校で、達也の両親は二位同士で高校時代から付き合い始めていた。

しかし模試の結果によれば、現実的なのは三位の学校だった。それも確実ではない。三位以下が男女共学になる。

中学になってから涼子は、部屋にアイドルの写真を飾り、好みのタイプを独り言みたいに言ったりし、親はそれを受け流していた。達也の方は、性的な話が苦手だった。学校でも避けていたし、家ではなおさら口にしなかった。

ある日、父と息子で一緒に風呂に入るときがあり、脈絡もなくそういう話題になった。

「好きな人はいないのか」

いない。

と、すぐ心の中で手を振り払うように言ったのだが、その言葉は外に出さず、次のように言った。

「歌謡曲は恋愛の歌ばかりだからイヤなんだよ」

そして風呂を終え、先に祖父母が使ったので不快に湿っているバスマットの上で体を拭いているときに、

「俺が眼鏡をとるのはベッドの上だけだ、とかな」

と、父は笑って言った。そういう冗談は達也にも一応通じるが、自分の姿がコラージュのよ

うにそういう色っぽい場面にはめ込まれているのが気持ち悪かった。性を知る大人の男の顔が、目の前にある。ヒゲの剃り跡、ほうれい線、タバコで茶ばんだ唇。二十歳以上離れた二人の陰毛は、対等に生えている。達也の陰毛はすでに増えも減りもしない量に至っているが、いつ頃そうなったのかは思い出すことができない。

涼子は二回、叱られた。母が叱ったあと、父が帰ってきてから三人でも話し合いがもたれた。その間、達也は関わらないよう自分の部屋にいた。隣の部屋に妹が戻ったのは気づかなかったが、チャゲ&アスカが大音量で始まり、うるさくて達也は何も集中できない。だから、いつもより早くチャットを見始めた。

そのあと、普段ネットにつなぐ十二時頃に、隣のガラス戸を引く音がした。ベランダから父が妹に話しかけているのだとわかる。まあ、慰めているのだろう。父は中学からタバコを吸っていたわけだし。さすがに娘に対して吸っていいとは言わないと思うが。

父はその「工作」を達也に隠していない。あるいは、わかるだろ、というメッセージを送っている。ということが王位継承者たる達也にはピンと来るのだった。それを読み取れることを、達也は誇らしく思うのである。

一日の終わりに、校内模試の上位者リストが配られる。わら半紙。このしみったれた灰色の、ざらざらした紙が達也は大嫌いだった。田舎の汲みとり便所の紙みたいな。

学校で配られるものは全部この紙である。大事な試験でもそうで、達也が愛用する0・3ミリの製図用シャープペンでは引っかかってしまう。達也はそのシャープペンの、爪先立ちで歩くような正確な線が好みだった。だが校内模試は、その紙質によって、若い男たちにもっと大ざっぱな精神を求めているようだった。大事なのは見た目ではない。この男子校ではそう教育しているかのようだった。しかしながら、

「何事もカタチから入る」

というのが、我が英雄の教えなのだ。

中身はあとから伴ってくる。だから達也は、ノートを整然と書いている。きれいにレイアウトされたチラシの版下のように。言葉の並びはただ読めればいいのではなく、眺めて美しくなければならない。

達也が書く文字は、実は、言葉ではないのではないか。言葉というより、それは「絵」なのかもしれなかった。

初めてKのノートを見たときに、達也は目を疑った。文字も数字も、縮んだり膨らんだりとまちまちで、斜めに崩れた塊が散らばっている。どうしてそんなに雑に書けるのか？　だがKは、達也よりも数学ができた。Kは理系で、工学部を受験するという。そのノートの異質さと

は、数学の異質さなのだと、数学への苦手意識がはっきりするほどに達也は思うようになった。数学とは論理だけだ。パズルだけだ。見た目は関係ない。見た目など関係なく野太く「本質」を求めるのが、男らしさというものだ。二年次からクラスが文理に分かれたが、この男子校では理系クラスが三分の二を占める。

達也は、余計なものを取り払って本質を追求する男らしさというものを、心の底から嫌悪していた。

順位表のてっぺんに輝くのは、ある時期から同じ名前、木下という理系の生徒である。数学が圧倒的にできる。達也は、文系クラスでは五位前後だった。文理を合わせた総合順位で、木下と二番手の間には相当の開きがある。総合になると、達也は十位前後まで押し下げられる。

教師陣は、校内模試による合否予想は、塾などより信頼できると自負していた。商売目的の、しかも関西の塾が上位者を囲い込んでいることに、旧制中学からの伝統にプライドを持つ教師たちは、心中穏やかならざる様子だった。

この模試は、平均点が五十点で東北大学という基準で、通常の期末試験のようには高得点が取れないよう設定されていた。ちょうどそこを狙って作問できるのは、本校の生徒を長く見てきたからだ、と教師たちは自慢する。

にもかかわらず、木下は数学でほぼ満点。だから二位との差が五十点近くになる。憎たらしいことに、木下は文系科目もよくできた。

教室がある二階から階段を下りると、外側にガラス面が続く長い廊下に出る。ガラスとコンクリート打ち放しのモダンな建築である。古い建物だが、明らかに前衛的な設計だ。それがわかるかどうか。教室がある棟の真下は空洞で、玄関になっていて靴箱がある。だから教室は上に浮いた構造。隣には駐輪場があり、その屋根には植物が植えられていて、二階の教室から緑が眺められる。つまり「ピロティ構造」と「空中庭園」だ。ル・コルビュジエのモダニズム建築に影響を受けている、と達也にはわかった。木下は知らないだろうし興味もないだろう。Kなら知っている。

西日に照らされて、向かいの壁にある掲示板がテレビのようにくっきりと光っていた。そこにも今回の順位表があった。それだけは白い上質紙に印刷されており、達也が前に来ると、その全体が体の影にすっぽり収まった。

それから、そばにあるトイレに寄ることにし、手洗い場にかばんを置いてから入ると、阿久津がいた。

阿久津はちょうど出てくるところで、立ち止まった。にやついたような顔をしている。達也もそのまま押し切って入ることはできず、立ち止まった。

「また木下だな」

阿久津はそう言い、片側だけ掛けていたバックパックを背負い直した。

「すごいよね」

「絶対勝てないな」

それにも同じく、すごいよねとだけ言って、阿久津と会話を交わす気などさらさらないので、横をすり抜けて便器の方へ向かうと、

「志賀くんもオナニーすんの？」

と言われた。

は？

鼓動が高まる。だから何？

オナニーをしない男などいない。嘘をつくのはおかしい。

「するよ」

すぐ答えた。体がこわばっていた。阿久津は達也を振り返り、ハハハと笑ってトイレを出ていった。

阿久津は確かに笑った。「ハハハ」と笑ったように聞こえた。それは達也の真似なのか、あるいは自然に出た笑いなのか、区別がつかなかった。からかって真似するうちに、阿久津の声は自分に似てきたのかもなと達也は思った。

ズボンが汚れないよう広めに脚を開いて、便器の前に立った。この丸っこくて小さな便器を見るたびに、その縁にマジックでサインを書けば「作品」になるよな、と思う。便器にだってサインすれば作品になるというマルセル・デュシャンの話を読んだとき、デュシャンは、他の全員を差し置いて「勝つ」方法を見つけたのだと思った。そしてその勝ち方の感じは、我が英雄の哲学に似ていると思った。

何かが滑ってくる。電線をつたって。線路の上に、物干し竿のように張られた電線を右手から、電車が行くのとは逆に、何かが近づいてくるような。

何か。ひとつのオブジェ。便器？

そうじゃない。白くはない。黒っぽい、コードが絡まったようなもの。何かが集まったもの。あるいはそこから四方八方へ広がっていくもの……だがその「広がり」は透明で見えない。ある塊が近づいてくるのだ。

目の前に線路がある風景は、小さい頃から変わらない。生まれてきて、ものが見え始め聞こえ始めてから、達也の心にはその水平線が刻まれていき、当たり前のものとなった。家の正面には、ずっと灰色の海があるようなものだ。

その線路がどこから来てどこへ行くのかは、よくわかっていなかった。それは日光線であり、宇都宮駅から日光へ向かい、途中には高校のそばの駅もあるのだが、その知識はあとづけのものでしかない。達也にとってはいつになっても、その線路はどこからか来てどこかへ行くものでしかない。その切片が前にあるだけ。

その先から、何かが来る。達也は怖くなる。

線路に沿って手前に道があり、それを右へずっと行くと踏切があって、向こう側の地域へ行くことができる。線路を越えるのは、子供にとっては冒険だった。その踏切を抜けると線路は急カーブして雑木林に吸い込まれ、先が追えなくなる。そのせいで、その先が空白になっている。

先週の日曜には、野村さんがウェスタンのアンプを引き取りに来たのだった。

一週間後、ふたたび日曜日、十月二十二日。

お昼に、志賀家は家族四人で、線路を越えた地域にある味噌ラーメンの店に行った。よく晴れた日である。冬も遠くないと思わせる乾燥した空気だった。

ラーメン屋の隣には、金魚を売る店がある。掘っ立て小屋みたいな貧相な青いトタン屋根で、軒先に生け簀があり、ポンプの空気で波立っている水面の下に赤っぽい動くものがチラチラ見える。駐車場はその金魚屋の裏手にあるため、そこからラーメン屋の正面へと回るのに、生け簀から漂う生臭さをくぐり抜けなければならない。

どことなく不思議な甘みがあるスープだった。何だろうこの味？　と、ここに来ると家族は毎回話している。決まって父が、魚介のダシだろうな、と言うことになる。

「前は、なんか貝が入ってたでしょ」

達也が言うと、ああ、あった、と涼子が答える。いまはホタテが二つ入っているが、以前はそうじゃなかった。オレンジ色で、耳たぶみたいな、なんか曲がったかたちのもの——

「あおやぎだったかも」

箸を止めて母が言った。

「ラーメンで珍しいよね、普通、生で食べるよね」

達也はホタテの周りについている「リボン」を除去しながら言った。歯に挟まるからイヤなのだ。

たぶんあれは、あおやぎよね。赤貝じゃないはずだし。赤貝はちょっと高いから。でも似てるわね。私が子供のとき、おじいちゃんがお酒の肴にするのに、おばあちゃんが赤貝のぬたをつくったけど、貝って子供は食べないでしょ、でも貝殻が桶の水に浸かってるのがきれいで、泡が出たりして、生きてるって思って、じーっと見てたの。でもそれは赤貝。

たぶん、あおやぎね。似たようなものだけど。

それから家に戻り、母と妹が後部座席から出て、父はタバコに火をつけながらまた車を出そうとし、一緒に行くかと達也に言うので、ついていくことにする。妹は、自転車にまたがってどこかに消えた。

女性二人には、まだ緊張感があるようだった。

家に戻るとしても、涼子は部屋に閉じこもるに違いない。同じ大きさの隣の部屋で妹が一人何をしているのか、達也は知らなかった。家に妹がいる——というとき、食事やテレビで集まるとき以外は、ずっと閉じこもっていたような気さえした。その隣人の存在をあまり意識していなかった。

もう一人の子供が生まれ、母の注目を独占できなくなった不安、苛立ち、嫉妬——というのは普遍的な心理である。当初のその感覚を、達也は覚えている気がする。

母が妹の出産のために入院したとき、達也は母方の祖父母のもとに預けられた。母の実家は、宇都宮駅の東側にある農業高校のそばで、あたりには水田が広がっている。そのときは夏の終わりだった。鮮やかな稲の緑色が片側に広がる道を行って、大きな通りまで出る。祖母とスーパーに行った。食べたいものを何でもつくるよと、母によく似て、すっきりと細い輪郭の祖母が言った。そこで、小さなビリヤード台のおもちゃが目にとまった。祖母が、買おうかとそれを手に取った。達也は好奇心で見ていただけで、べつに欲しかったわけではない。そのすれ違いの感じを覚えている。

その夜、雷が来た。

蛍光灯に白々と照らされた和室で、チョコレートの板ほどのビリヤード台の上を、すぐなくしてしまうのが明らかな球が転がって、気ままにぶつかり合っていた。そのとき外が紫色に光り、雷が鳴った。

大して面白い遊びではなかった。だが、せっかくおばあちゃんに買ってもらったのだから大切にしなければと思った。そう思うのが重たく、うっとうしく感じられた。いつの間にかその存在は忘れた。手元からなくなっていた。

その代わりに、妹が登場した。

達也は成長するにつれ、妹に対して申し訳なく思う気持ちが生じていた。一緒に遊んでいても、そこには余計なものをのけようとする悪意がいくらか働いていた。と、自分を悪者にしなければならないような気持ちがあった。

ある時期から達也は、妹には妹の世界が、妹にだけ見える世界があるのだと思うようになる。自分の部屋と同じ大きさをした隣の部屋が、見えないもので充満している。何かの密度が高くて、見えない。コピー&ペーストしたような空間に、ひと塊の淡いピンク色の肉が、真空パックされたようにぴっちりと詰まっている。

「車でタバコはやめてよ」

達也の父はそれで火を消し、ボタンを押して窓を半分まで下ろした。

「僕は、絶対タバコなんて吸わないからね。決めてる」

「――そうか、そのほうがいいよ」

父と息子の車は、混雑した街の中心を抜けて宇都宮駅の東側、母の実家がある通称「駅東」に向かっている。

東西を分かつ新幹線のガード下をくぐると、がらっと静かになる。街は駅の西側にあり、東は対照的に開発が遅れていて、住宅が多いのだが、まだ空き地もある。二人はパソコンショップに向かっている。それは山月屋が有する店で、実質的には、他社に業務のデジタル化を提案する、山月屋の新たな部署のショールームであり、プロバイダー事業のオフィスも兼ねている場所である。

海辺のリゾート風を思わせる、窓を広くとった白い建物は、ドアを開けると昔の喫茶店みたいにカランカランと鳴った。上に真鍮のベルがついている。誰もいない。あちこちでパソコンの画面がぼうっと光っている。

「すいませーん」

達也の父が声をかけると、カウンターから引っ込んだキッチンか何かのスペースから人が出てきた。加藤である。

「ああ、志賀さん、どうもどうも。

そちらにかけていただいて」

と言って、丸テーブルの方へ手をかざす。テーブルの真ん中には、ヤシの木のような南国風の鉢植えがある。

「息子さんもご一緒で」

カウンターに手をつき、喫茶店のマスターの姿勢で達也の方を向き、パッと笑顔を見せる。

達也は会釈をする。

「お邪魔してます」

それから加藤は出てきてテーブルの前に立った。達也の父が資料を取り出すと、それを手に取り、うっ、と肩を上げた。

「いてて」

「大丈夫ですか」

「いやあ、座るのがきついですね、立ったままで失礼させていただいて」

二人の男は少し声を落として話し始めた。道すがら、ネット接続できるＭａｃを導入するための打ち合わせなのだと聞いていた。

その大人の話は、聞いても差し支えないものだろうし、だから連れてきたわけだが、達也はそこから離れてパソコンソフトの箱が並べられた片隅へ行き、その前の台にある、非常に高価だと知っている二十インチのディスプレイを眺めていた。真っ黒な夜空の上で、七色の光がどんどん変化し、闇を舐めるように波を描いている。魔法使いの杖からキラキラした粉末が振りまかれるような――そんな様子を、おそらくディズニーの映画で見たことがあった。

しばらく見ていてから灰色のマウスに手を載せると、その夜は瞬時に吹き飛び、白の四角形が達也の目を叩くように飛び込んできた。ウィンドウが重なっている。フォルダがある。まったく同じかたちのフォルダが並んでいる。豆腐のような白い建物が並んでいる。

先日、データ修正のトラブルがあったあと、達也の父は、加藤に謝罪するため、寿司屋に誘ってランチを共にした。

生ビールで乾杯し、双方のグラスがカウンターに着地したら間髪いれず、深々と頭を下げた。

「このたびは申し訳ございませんでした」

下げた状態で何秒止めるか。長すぎてもダメだ。しゃぶしゃぶの具合と同じだ――達也の父は、その腕に巻かれたオメガのスピードマスターの、クロノグラフの小さな秒針がわずかに角度を変えたときに、頭を上げた。アポロ計画で月面着陸時に宇宙飛行士が使用した手巻きの時計である。

「まあそれはいいんです」

加藤は山月屋のインターネット戦略に話題を変えた。

「そういうミスもね、なくなりますから。

インターネットで全部変わります。ラジカルにね」

にぎりのコースが始まる前に、オコゼの唐揚げが供された。頭まで揚げてあり、苦しげに口をぱっくり開けて固まっている。レモンがある。加藤がそれを手に取り、揚げたての小麦色の石像にしぶきを振りかける。

「ええ、我々も全部、変えようとしていますから」

「志賀さん、ビジネスですから当然ですが、ここは徹底的にビジネスライクに考えたいんです」

大将が手を伸ばし、灰色で半透明の握りが置かれた。加藤が身を乗り出す。

「なんですかこれ」

「エンガワですね、ひらめの。美味しいですよ」

「へえ、食べたことないですね」

加藤はひと口でほおばったが、噛み切れなくて頬をモゴモゴさせながら、驚いたふうに目を見開いている。

「歯ごたえがありますから」

「――いやあ、コリコリしてて。甘みがある。

ところで、社長がですね、東京の方とも話をしている様子でして」

「東京？」

「ええ、すでにネット対応が進んでいるところがありますから。わかりませんよ。可能性を探るということでしょう」

「なるほど、インターネットがあれば、東京との距離もないに等しい」

達也の父は飲み終えたグラスを持ち上げ、大将に向けて揺らして見せる。また二人分のビールが運ばれてくる。

「全部変えますよ、我々も。これまでのルーチンを全部壊します。コストは大きく削減されるはずです」

「ラジカルにですね」

「ええ、ラジカルにですよ」

加藤はエンガワをひとつ残したまま、ウニってありますよね？　と大将に声をかけた。

山月屋のチラシがなくなればうちは潰れる。最悪、これまでの半額にしてでもつなぎ留めなければならない。ひどく譲歩させられたら減少分をどう埋め合わせるかだが……

とはいえ、加藤がそう言うにしても岡社長の真意はわからないわけだ。ここはロジカルに考えるべきだ。ロジカルに言って、これは「加藤が言うこと」でしかない。

岡社長とサシで話すタイミングが必要だ。

ウェスタンを贈り、オーディオのすばらしさを語り合って、そのときがベストだ。時を経て復活した究極の音が、その瞬間の到来を温めてくれるはずである。

達也の父は、一度ウェスタンの音を岡社長に聴いてもらいたいと野村さんに相談したが、にべもなく断わられた。それでも、修理を手伝うのは渋々承知してくれたのだった。ただの厚意ではない。代わりに、会社で山月屋と契約したアカウントのひとつを野村さんのラボでタダで使わせる、というのが条件だった。

加藤は、立っているのも疲れたのか、がに股になって椅子に腰を下ろした。

「社長は最近はオーディオの話ばかりでね。しかし残念ですが、手術は入院なので、私もお披露目を楽しみにしてたんですけれども」

「お大事になさってください。加藤さんともいつかぜひ」

「ねえ。すごいんでしょう、古いオーディオは。

――イタタ、だーめだ、やっぱ座るとね」

と立ち上がり、ではまたご連絡しますんで、とカウンターの方へ戻る。

「よろしくお願いします」

「志賀さん、ヘミングウェイはご存じですね。

なんでもヘミングウェイは立ったまま原稿を書くんだそうです。立って仕事をすると集中できるとか。カウンターにタイプライターを置いて。それ、痔だったんじゃないかと思うんですがね」

達也はハハハと笑った。

加藤の目元に翳りが生じた。

あ、と達也は思った。とっさに笑い声が出た。それは小鳥の声のようだった。うっかり出てしまった。というコントロールのできなさがそのとき生々しくわかり、手に冷や汗が出る。でも加藤が言ったのは一種の自虐なので、ウケを狙ったのなら、それに応じたことになる。だとしても笑うのはまずかったようなのだ。これはどうしようもない。

父は、息子の反応を気に留めていないようで、加藤にまた会釈し、よろしくお願いしますと言い、二人は店を出た。そして、野村のとこでも行くか？　と携帯を手に取った。

路地の途中に青いシトロエンが出現する。斜めに傾いて見える。その停めてあるスペース、家の前のコンクリートで固めたところが傾いているらしい。いや、車のバネがへたっているのか？　家のガラス面の上に張り出した、雨よけの角度もちょっと変な気がするし、家自体が傾いているように達也は感じた。下になのか上になのか。まばたきのたびにまつげが動くように、見えない運動によってすごい速さで傾きが変化しているみたいだった。

ガラスの内側からみっちりと押しつけられた植物が見える。大きな葉が重なり合って室内は見えない。

鍵は開いている。達也の父は勝手にドアを開ける。プレイボーイのウサギのマークがついたサンダルがある。

「おーい」

薄暗く、お香臭い輸入品店のような空間でしばらく待っていると、横からぬっと野村さんが出てきて、無言のまま、すぐまた引っ込んだ。Ｔシャツに短パン。それで二人は上がり込むことになる。

ガラス面がある部分が野村さんのラボである。南方の植物がいたるところに茂り、種々様々な葉っぱによって切り刻まれた光が、むせかえるような煙の中に筋を描いている。ヤシの木？を鉢植えで育てられるのか達也は知らないが、とにかくそんな植物だらけで、そのなかに作業台が三つあり、一番大きなものの前にキャンプ用の折りたたみ椅子がある。野村さんはそこに背を丸めて座っていた。

この「温室」には、もう一匹の動物がいる。七色の羽をした大きなインコが飼われている。達也が小さいときからずっといる。いま、何歳なのか。大型の鳥は長生きだから、飼い主が先に死んでしまい、遺族が困ることもあるというが。

小五郎という名前のそのインコが葉っぱの向こうにいるらしく、ガサつく音がしている。名を知らない植物の太い茎は、大阪の「太陽の塔」みたいに傾いで立ち上がり、熟れる前のバナナの黄緑色をしていて、その先に広がる何本も指があるような葉は濃い緑。南の国ではこんな葉をお皿代わりにして、米や肉を手づかみで食べるんだろうと達也は想像した。

「仕事中に悪いね」

と達也の父は言い、タバコをくわえ、野村さんがいる作業台を見て灰皿を探している。

「俺はいつでも仕事中だ」

「まあ、あとはお任せしますということで」

「一週間でやれる」

野村さんはハンダごてを摑み、取り組んでいる最中の機械に差し入れる。先日預けたアンプは、予備の作業台の方に置いてあった。野村さんは普段、企業や研究所から依頼を受け、職人技を要する作業を請け負っている。すでにタバコの煙が充満しているなかに、よりはっきりした細い煙がこての先端から、筆記体のサインとなって立ち上る。特有の臭い。達也はハンダの臭いが嫌いではない。すぐそれとわかる、酸っぱさが混じるようなこの焦げ臭さ。

おっ、と達也の父が飛び退いた。灰皿がひっくり返って吸殻が飛び散った。

野村さんが熱いこてを、灰皿に間違って置いた。雑巾、と大人の男の声が上がる。その声は野村さんのはずだが、あるいは父かもしれず、とっさのことで達也はわからない。

ギャッと鳴き声がした。小五郎がどこかで三人の会話を聞いているのだが、見えない。

雑巾、という言葉に反応したのは人間だった。

「どうしました?」

廊下に響く声がし、達也が振り向くと、真っ白な髪でデニムのエプロンをした人物、野村さんの父が立っていた。

「雑巾ですか、持ってきますから。

志賀くん、いらっしゃい。元気そうだね」

そう挨拶をして奥に戻り、四角いトレイを持ってきた。

自動車会社の開発部に勤めていた野村さんの父は、一人息子である野村研二に、遊びのなかで自然と技術を教えていき、結果として英才教育を施すことになった。研二は県立二位の男子校に進み、達也の父と不良仲間になる。そのときにはすでにプロ顔負けのエンジニアになっていて、早熟ゆえの気難しさなのか、人とあまり交わらない生徒だった。学校をサボって二人はこの家にこもり、ジャズをかけ、タバコを吸い酒を飲み、ものを解体し改造し、組み立て直した。

だが当時は、こんな「温室」ではなかった。

達也の父は、真面目に勉強しなくても成績は悪くなかったが、大学とは縁遠い家庭環境だったせいか受験は考えず、写真の専門学校に進んだ。大卒でないことで仕事上不利を経験したから、息子には学歴をつけさせたいという思いがある。一方、野村さんは工科大学に進んだ。いずれも東京。

東京時代には、二人はだんだん会わなくなった。達也の父は、高校時代から付き合っていて、やはり上京して美術大学に進んだ母と、結婚を睨んだ関係にあった。花の東京生活を楽しんだら、地元に戻って結婚する――という計画は、父の方が先に固めていた。一方野村さんは、フィリピンだかどこかの島と頻繁に行き来するようになっていた。

「いつもすいません、今日はうちのも連れてきちゃって」

「お邪魔してます」

野村さんの父は笑顔でうなずき、トレイを作業台の奥にとりあえず置いて、吸殻を拾い、ま

き散らされた灰を雑巾で拭き、裏返してもう一度念入りに拭いて、

「これで大丈夫」

と、灰皿を息子の手元に置き直し、拭いたばかりで雨上がりのように濡れた領域にコーヒーカップを置いた。

「ぬるい」

太い声が響く。野村さんが口をつけてすぐ言った。

「ぬるいぞこれ」

「ああ、すまないね……」

持ってこうと思ったら電話が来てね、ちょっと置いておいたから」

「大丈夫ですよ」

と達也の父が言うのだが、野村さんの父は片づけ始める。

「淹れ直してくるね」

野村さんはタバコに火をつけ、ちょっと吸って手元の灰皿に置き、またハンダごてを握って作業を続ける。

三つのカップをトレイに載せ、野村さんの父は部屋を出ていきながら、振り返って、

「――しかし志賀くん、オーディオというのは宗教だね」

と言って、おどけた笑顔をつくった。達也の父もそれに笑顔を向けて応えた。

「悪いじゃないか、お前も相変わらずだな」

「お前もだろう」

「しかしなあ、俺らのやり方じゃあ、もう難しいのかもしれねぇぞ。時代は動いてるんだよ」

「そりゃ動いてるだろう、止まったら大変だ」

ギギギッ、と軋むような音がし、葉っぱが揺れて、インコの小五郎が作業台の奥にあるヤシみたいな木の枝に色鮮やかな姿を現した。

「こいつ、クルミが好きなんだよ」

野村さんが腰を上げ、チッチッと舌を鳴らして手招きすると、小五郎は羽ばたいて作業台の上に来て、すっくと立ち、ギギギッと言った。クルミを与える。天然のペンチといえる屈強なくちばしで、縮まった脳みそみたいなその球を捉えようとし、一度試しては動きを止め、何か考えた末のように別の角度からアプローチするのだが、そうやって小突いていたら作業台から落としてしまった。

野村さんに依頼するのは、おもに配線である。ハンダを溶かして古い線を全部外し、新たに理想的な配線をしてもらうのである。そして部品をチェックする。ダメになったものはデッドストックで置き換える。野村さんはウェスタンのコレクターで、このラボには当時の部品が揃っている。

「部品は大丈夫なんですか」

前に父から説明を聞いていたが、達也は一応、野村さんにも質問してみた。

「抵抗はまず問題ないな。コンデンサーは一部交換」

野村さんは、アンプがある方へ腕だけ伸ばして続ける。

「線はあんな回し方じゃあな。一回張り換えてるだろうな。ヘタクソだ。もっと無駄なくできる」

小五郎は作業台を何歩かスキップし、飛び上がって、ふたたび折り重なる葉の奥に隠れた。

「野村が配線すれば、オリジナルより良くなるな」

煙を吐き出しながら達也の父は言った。

「無駄なくやるだけだ」

そのとき、別の匂いが流れ込んできた。明らかに違う匂いだ。達也はとっさに入口の方を向いた。女性が立っていた。女性というか、全身真っ赤な服なので、「赤」と思った。

達也の父もそちらを向いて、何か言おうとするが、

「ラーメンでも食うか」

と、野村さんが立ち上がる。

「あの、お父さんまだコーヒー淹れてるんでしょうか」

達也は、どちらの男に言うべきなのかわからずに言うのだが、立ち上がった野村さんは、カチャカチャと鍵をポケットに入れた。

香水の匂いだ。金のイヤリング、真っ赤な口紅、長くカールした髪は明るい茶色。そのとき、またギギギッという軋む音がこの偽のジャングルのどこかで響いて、そして小五郎は、キャサリン、キャサリンと、耳の奥を引っ掻くような甲高い声で繰り返して、羽をばたつかせた。


それで、野村さんはその女、キャサリンと呼ぶのが有力らしい女と共におんぼろシトロエンに乗り、達也たちは自分の車に乗り込み、野村さんが先導して走り出した。

野村さんのシトロエンは、咳き込むような音でエンジンがかかったが、走り出すと意外に普通に走る。多少ふらついて見えなくもないが、それはサスペンションが柔らかいからだろう。二台の車は市街地から離れ、郊外の国道を走っていく。尾行する警察になったみたいだと達也は思った。

「お昼もラーメンだったけど」

「しょうがないだろ、こうなったら聞かないからな」

父は野村さんに逆らわない。かといって、野村さんの方が立場が上なわけでもなく、その奇妙な男同士の距離感が達也にはなんとなくわかる。特別につるんでいる男子というのは、達也ならKがそうだが、そういうものなのだ。

「お前は、免許はオートマ限定でいいんかもなあ。もちろん取るだろ？」

「車は乗りたいね」

「やっぱりマニュアル乗れないとつまんないよ。

そういえばひでえ小説があったな。ハードボイルドなんだが、「そのとき男はギアをローからトップに入れた」ってな。カッコつけてるつもりで」

「止まっちゃうよね？」

「もちろん。やったらわかるが、クラッチ操作は最初は難しいぞ。ロー、セカンド、サード、トップと上げる。途中は飛ばさない。そんなことしたらガクッとエンストだよ。あの小説家は、売れてるみたいだが、車乗ったことないんだな」

そのうちにシトロエンはウインカーを出し、倉庫が立ち並ぶ間の路地に入るので、そのまま従って行くと、そこにはラーメン屋があった。倉庫の一角みたいだが、毛筆風にラーメンと書いたのぼりがちゃんと立っている。

「ここうめえんだよ」

車から出てきた野村さんは、ほかの三人の方を向いて、食べる前からもう満足したように言った。店に入ると客は誰もおらず、卓球台のようなだだっ広い深緑のテーブルがあって、周りにパイプ足のスツールが乱雑に置いてある。ビニールに包まれたメニューは油まみれで曇っている。

香水をぷんぷんさせた真っ赤な女は、当然のように野村さんの隣に座った。達也は、ヨーロッパの名優を思わせるその威風堂々とした鼻筋を見ている。父が声をかけた。

「初めまして、ですよね」

「キャサリンです」

その発音はごく平凡な、近所に住む奥さんのような日本語で、達也は父と顔を見合わせた。

「ラーメン四つ」

確かにラーメンが出てきた。意外に普通のラーメンのようだった。醬油ラーメンで、チャーシューが一枚、メンマ、ナルト、海苔。だが、口をつけるとそのスープはなんとなく苦いような、ガソリンみたいな臭いがした。

4

それから妹がタバコをやめたとは思えない。

一時的に吸わなくなってもどうせ復活する。人目に気をつけるようになるだけだ。

怒られてから数日後、帰宅したばかりの達也を呼び止めて、勉強を教えてほしいと妹が珍しく言うので、部屋に招き入れた。この間、彼女はおとなしくしているようだった。食事のときも言葉少なで、軽口を言わない。それで受験勉強をやらなきゃと焦りが出たのなら母の思い通りなわけで、縮こまったようなその様子が達也はいたたまれなかった。

涼子は、数学の参考書を持ってきた。

「夜にパパが来てたでしょ。何か言ってた？」

「もう一回ちゃんとママに謝ったほうがいいって」

ママにまた謝る？

それは意外な答えだった。父ならば、あまり気にするなとフォローしたに違いないと思い込んでいたからだ。

「手紙を書いたら、って言われたんだけどさあ、そんなのできないよね。べつに悪いと思ってないし」

父にとって最大の問題は、妻の機嫌なのである。例のハンバーグ事件のときと同じだ。

我が英雄のシルエットが急速にしぼんでいく。

権力を握っているのは母なのだ。それは周知の事実ではある。だが、母こそが秩序なのだとしても、達也は父に「影の力」を発揮してもらいたかったのだ。表面では合わせておき、太鼓持ちのようなことを言っても、そういうふりをするのが本当の権力なのだという「真理」を教えてほしかったのだ。だがこんな対応では、父は母の後ろに引きずられるただの影じゃないか。

「僕はべつにいいと思うよ」

達也がそう言うと、涼子はちょっと驚いたふうで、恥ずかしそうに笑って、

「でもお兄ちゃんタバコ嫌いでしょ」

と言った。

「嫌いだけど、でも悪いとは思わないな。悪いから嫌いなわけじゃない」

「そっか。あー、でもねえ、本当は悪いと思ってるの。

悪いから、吸ってるんだと思う」

一瞬、言葉に詰まった。そのわずかな空白が答えになってしまうと達也は気づいたが、ワンテンポ遅れて、いいんじゃない、と言った。

机の上には、昨日から開いたままの雑誌がある。

ページの上半分は女性のモデルの写真で、下半分にインタビューの記事。写真家の作品のようだった。ショートヘアで、わざと顔色を悪く見せるメイクで、ボーイッシュというか性別がわからない感じで、蛍光色のグリーンでどぎつく全身が統一された、作業着みたいなぶかぶかの服を着ている。そういう曖昧な感じが今風だというのを達也は知っていた。でも、こんな最先端のファッションは宇都宮では手に入らないだろう。

「これとか、なんかカッコいいよね」

話題を変えてそう言うと、涼子もそこに目をやる。

「カメラとかやってみたら」

達也は、思いついてそう言った。言うやいなや、ページがめくられた。涼子が手を伸ばして、ページをめくっては、何も言わずしばらく見て、またくる。CDのジャケットで埋めつくされたページ。さらにめくると、今度は風景の写真。海の写真で、横一文字に水平線があり、その向こうにかすかに黒っぽく、軍艦みたいな島が見えている。

「いいかもね」

「ポラロイドがいいんじゃない。撮ってすぐわかるから。練習になると思う」

考えてみる、と涼子は言った。

それで肝心の、教えてほしいという数学の勉強は何かというと、図形の証明だった。三角形が相似であることを証明する問題である。

二辺の比とその間の角がそれぞれ等しい

彼女は、二つの三角形が相似になる条件のひとつを、つまらなそうに読み上げた。

「これさあ、この通りに書かなきゃいけないわけ？」

「――ああ、そうだね、意味が同じならいいんだけど。「二辺」じゃなくて「二組の辺」でもいいか。「それぞれ」もいらないかもな」

「同じに書かないとテストで減点されるんだけど？」

「まるごと覚えないと、あやふやになる人が出てくるから、覚えさせるっていう教育なんだと思うよ」

「じゃあさ、お兄ちゃんが、「それぞれ」って書かなくて減点されたらどうする？　それ書かなくてもいいいってわかってるわけだよね？」

そう言われて達也は、苦笑しながら少し考えた。

「まあ、僕だったら、教えられた通りに、まるごと覚えてそのまんま書くよ。別の書き方をしたりしない」

「ふーん」

それでこの件はもう済んだのか、涼子は参考書をめくり、別のページが開かれた。達也は、なんだか心細いような気がした。急に部屋がだだっ広い空間になり、誰かが足早に先へ行ってしまい、自分は取り残された小さな子供となり、迷子になり、ママ、ママ、と泣き叫び始めるあの感じが思い出されてきた。


社長室の、真鍮のノブがついたドアがノックされた。二度間をあけてノックされて、はい、いいよと促すと、そこにいるのは社員ではなく、順子さんだった。

「こんにちは、お邪魔しますね」

達也の父はハッと立ち上がり、すいません、うちのやつかと思って、と頭を下げながら、窓際のソファへ案内する。

浅葱色の着物に、透かし模様のある白い帯を締め、それとは不釣り合いな黒革のかばんを持った順子さんは、太ももの裏に手を添えながらそこに腰を下ろした。

「先日はすいませんでした、無理に間に合わせていただいて、今後ああいうことはなくしたいですね。インターネットがあれば、版下もそのうち直接」

「シガちゃん、あんま気にしないでいいよ」

順子さんは遮って言った。

「あんなへっぽこの小男、どうせつまんない計算でもしてんのよ。あんたは堂々としてなさい」

どういうことなのか。達也の父は視線を外し、いやあ、とため息まじりに言って、そして向きなおった。

「加藤さんから聞きました？」

「東京の方が、ってね。そりゃ印刷はうちが全部やってきたんだから。悪いけど、ここはどうか知らないけど、うちは山月屋だけじゃないんでね、それならそれでって言ったわ。だいたい、いじめるんならシガちゃんだけにしとけばいいのに、あたしんとこにまで言って、あのバカ、ちゃんと計算できてんのかねえ」

「――いずれにせよ、会社のやり方は変えなければならないんですよ。このままではいられない時代になった。それはそうなんです。二十世紀も終わりますから」

「やることやってればいいのよ」

そして順子さんは、部下に持ってこさせればいいはずの伝票の束をかばんから出し、手渡して、じゃあ失礼しますと立った。達也の父は、最後まで見送ることにした。

営業車の白いワゴンの横に、順子さんの黄色いポルシェ911があった。こいつが到着する音は相当でかいはずで、聞こえてもよかったはずだがと、達也の父は思った。どういうわけか、ぼんやりしていた。彼は、すべてが遮断された時間の中にいた。真空の時間だった。社長室はその間、宇都宮でも東京でもない、どこでもないところに存在していた。

順子さんが乗り込むと、バイクみたいなけたたましいエンジン音が始まった。

「シガちゃん、オーディオ聴きに行かせてね」

耳が騒音でふさがって、よく聞きとれない。

鮮やかな黄色の車体はバックして方向を切り換え、クラクションを一発鳴らしてから去った。

ゲイサイトの掲示板は、待ち合わせに使われている。公園のトイレ、駅ビルのトイレなど。

「〇〇トイレ何時」という募集がある。それだけではわからない。事情を知らない者が見ても行けないわけだ。暗黙の了解がある。

都内のそういう公園のリストが見つかった。公園内のどのトイレがそうなのか、何時頃人が集まるのかも説明しているホームページを見つけた。そうして達也は、ゲイの「ハッテン場」というものを知った。

東京の地図でハッテン公園に印がつけられている。二十三区に集中しているが、周辺にも散らばっている。普通の人は、東京がこんなことになっているとは思いもよらない。これは影の地図だ。

東京とは実は、深夜のハッテン公園を結ぶあやとりの線で囲まれた領域なのだ。

普通の人には見えない地図がある。もうひとつの東京がある。それは前から存在していたが、達也はいま、それを知ったのだ。しかし、自分がそちら側の人間なのか普通の人なのか、いまだによくわからないのだった。

驚いたことに、そういう場所は宇都宮の「街」にもあった。調べてわかった。だが一箇所だけのようだった。

ところで、達也の父のスタジオは、特別な場所である。

子供にとってそこで父と遊ぶのは特別な喜びだったわけだが、それとはべつに、成長するにつれて達也は、スタジオが大人の目から見て特別な意味を持つことに気づき始めていた。

ガレージの脇から立ちあがる外階段から、スタジオに直接出入りすることができる。スタジオには独立した玄関がある。それは、当初は仕事の関係者が来るからだったが、いま、離れになったスタジオはまるごと父の部屋であり、父が独立に出入りできる結果になっているわけだ。

いいのだろうか？

家族にひとつの抜け穴がある。ごく自然に存在していたその盲点に、達也はこれまで意識を向けてこなかった。

スタジオでは何でもできるんじゃないか？

建て替えのときにその玄関と階段をわざわざ潰すのは、おそらく不自然だったのだろう。結果的にそれは残されることとなった。今のところ、それで何か家族の問題が起きたという話は聞かない――いや、達也にはわからない。あったとしても、言わないはずだ。もしかすると、子供たちには隠されていることがあるのかもしれない。

スタジオは、家族の空間でもなければ、この宇都宮の一部でもない、どこでもないところなのだ。

実際、父がいないときに達也はスタジオを悪用した。

夏休みになって、塾の夏期講習の合間に、宇賀神くんがビデオを貸してくれた。男女のアダルトビデオである。

近年はゴールデンタイムにも出る芸能人に転身した、有名なＡＶ女優のビデオ。達也は、彼女のよく日焼けした尻に、確かに性的興奮を覚えた。ずっと以前、勉強が深夜におよんだとき、一階に下りて風呂に入って、その流れで、誰も来ないはずのダイニングでこっそりテレビをつけ、即座にボタンを押し込んで音量をゼロにし、噂に聞く深夜の破廉恥な番組を観たことがあった。そこでその女優は、沈黙した青白い光の向こうで、スイカを紐で縛ったみたいに、ごく細いピンクのパンティーが締めつける茶色の尻をぶるんぶるんと揺らしていた。

学校から帰ってスタジオに気づかれずに行くとなると、最適なのは夕食までの時間だ。そのとき母は料理にかかりきりだから、まかり間違っても覗きに来ることはないだろう。父からも母からも自由に、どこでもない場所を活用できるのは、夕方五時から六時の一時間である。

しかし問題がある。一階のキッチンには窓があり、そこからは、微妙な角度なのだが、ベランダからスタジオの入口へと架けられた「足場」が見えている。

人がいないはずのところに人影があれば、母は気づく。スタジオに入ったのがわかる可能性はある。それで何を推測するだろう？　だが、そうだとしてもそれで料理を中断し、手を洗って拭いて、二階に上がって、となるのは考えにくい。祖母にひとこと言わねばならないし、とにかく面倒だ。

この時間にスタジオでＡＶを観るのは安全である――紙袋に入れて隠されたビデオを手に、

期待が高まるなかで、達也はそう結論づけた。袋はマクドナルドのもので、甘ったるい動物的な臭いがその周りをぼんやり取り巻いていた。

そのビデオで、達也は初めて、男女が動き音を発してセックスしているのを目の当たりにした。

スタジオにテレビはない。達也の父は最近、プロジェクターというものを買い、小型のスクリーンをスピーカーの間に吊りさげて、映画館のようにレンタルビデオを観られるようになった。それに合わせて、革張りの肉厚な椅子とオットマンも買った。その革は柔らかくしっとりと滑らかで、まだ生き物の体温が残っているみたいで、そのまさに贅沢そのものの感触は、父の成功を物語るかのようだった。そこにすっぽり身を沈め、深呼吸をして、達也はビデオを再生した。

モザイクが大きくて、肝心なところが思った以上に見えない。焦茶、黄色っぽい茶、白、黒、アイボリー、赤茶と四角形が並んで変化する様子は、化粧のパレットのようだ。

だが、確実に、いやらしいことをしている。セックスとは、性器の問題であるというより、雰囲気なのだろうか。やってるんだ、という雰囲気。いやらしい声、くねってうごめく肉体。畑の畝のような盛り上がりが中央を走る背中から、振り乱される茶色い髪への流れを、何度も追い直す。上に乗っかる肉体のくびれたところから、その上の乳房と呼ばれる特別な丘を通って、快感に歪んでいるらしい表情へと至る流れを、何度も追い直す。やってるんだ。そう思って、達也はオナニーをした。

クライマックスの時ではなく、途中で射精した。カメラが肝心なところに近づくほど、パレットのマス目がスクリーン全体に拡がって人間が消える。次々に色が交替するそのマス目は、ただ色やかたちを楽しむだけでいいアメリカの抽象絵画に似ていて、その向こうでは、くすぐったがるような甲高い声が響き続けている。


今年の夏、お盆に集まるのは少し遅れることになった。

毎年必ず、八月十三日かそれより少し早く、白い豆腐のような志賀の家には、父の妹の家族、つまり達也の叔母の家族がやってくる。いとこの兄妹が来る。年末年始もそうで、叔母の家族と年二回の節目を共にするのは、達也にとって、一年という単位を実感する欠かせないイベントだった。

今年は盆の入り、十三日ぴったりに来る予定だったが、直前に、叔父が腹痛を訴え、来られないかもしれないと叔母から父の携帯に連絡があった。

すでに休暇に入っていた叔父は、朝起きたら腹が痛く、だんだん悪化して、「痛い、痛い、死ぬかも」と騒ぐので一家はパニックになり、叔母が「緊急事態よ」と電話してきたのだが、すぐレントゲンを撮って、消化不良でしょうと言われたのだった。叔父は病院の帰りに、「このピザは本場で修業した職人がいてうまいんだよ」と街道沿いの店に車を入れたのだが、今日はやめたほうがいいんじゃないの、と叔母に止められ、口論になり、結局、皆お葬式みたいに押し黙ってマルゲリータを食べたそうだ。

彼らは予定より一日遅れてやってきた。

「でもねえ、バジルがいっぱい載っておいしかったの」

経緯を説明してから、叔母はそう言って笑った。

叔父は元気そのものだった。玄関が開くやいなや、サンドバッグのようにパンパンの荷物を担いで登場し、懐かしいねえ！　と、正月から半年だが、波瀾万丈の旅の果てについに故郷に戻ったかのような歓声を上げた。

盆正月には、イクラの醤油漬けとウニを買っておくのが習慣で、達也は毎度楽しみにしていたが、その叔父は、食べるスピードが志賀一族の常識を超えている。遠慮なく最初に手を出して一口で食べてしまう。定刻六時に集まったら、ヨーイドンとばかりにイクラの小鉢にスプーンを差して、アイスクリームのようにぺろぺろ食べ始める。この勢いではウニも危ない。しかし、大丈夫なのだ。一番手に猛攻をかけるだけですぐ失速し、先に退席して客間で一人テレビを観ることになるので、実害はそれほどでもないのである。だが全員が終わってから、また戻ってきて残り物を食べる。そのため「食卓のゴミ箱」とあだ名されているのだが、それは志賀家流の愛情表現なので問題ない。というより、叔父は何を言われても自分を祝福する言葉に聞こえる人なのだった。

彼らは今回、送り盆を過ぎて数日いることになった。

盆といっても、父方の祖父母は福島の人なので、代々の墓は栃木にはないし、親族が集まっても何をするわけでもなかった。しゃべって、食べるだけである。祖父だけが、相談もせずに購入して、ここが志賀家の墓だと意気込んでいる郊外の公園墓地に行く。達也は、誰も入っていないその墓に行ったことがなく、行くつもりもなかった。自分が遠い将来、そこに入ることになるとは到底思えなかった。

墓参りというのは、達也にとっては母方の習慣である。

父方の墓に行ったことはない――大昔に、福島で葬式があったときに行ったかもしれないが、覚えていなかった。母方の親族は、盆正月のような区切りを大事にしているが、福島の人々は、連絡もなく来てダイニングに上がり込んでテレビを観ていたりする。達也からすれば信じがたい挙措で、母はあたふたと対応しなければならない。田舎のそういう粘ついたような関係が達也は心底嫌いだった。まるで納豆だ。祖母がくちゃくちゃと食べる納豆の臭いが嫌いだった。田舎は納豆だ。だから納豆は嫌いだ。

最近では、母方の墓参りも母だけが行くようになった。

以前は、母の里帰りについていくのが楽しみだった。母の兄＝伯父の方には同年代のいとこがいて、かつては盆正月に遊ぶのを心待ちにしていた。だが、高校受験を迎える頃になると、前のようには集まらなくなった。その頃の達也は、いまよりも母方中心の意識を持っていた。

納豆は嫌いだ。僕は田舎者じゃない。

母方の墓は、宇都宮の中心部近くの、古い町並みが残るところの寺にあり、その近くに祖母の実家があって、そこは「寺の家」と呼ばれていた。

祖母の父＝達也の曾祖父がその土地を確保し、家族が増えたら住まわせる建物を追加した。達也の母は、敷地内につくられた小さな家で生まれ育ったが、のちに母の家族はそこから独立し、駅東の農高のそばに家を構えた。母が中学の頃には駅東に移っていた。

曾祖父は画家で、美術教師だった。孫である達也の母にも絵の手ほどきをした。達也にとって美術が特別なものなのは、おそらくこの曾祖父から来ている。なぜか余計な反作用として、体育と理系が苦手になったのだが。

だから宇都宮とはいえ、母は一応街中の生まれで、達也はその系譜にプライドを持っていて、他方で、福島の「村」に根ざす父方の血は、あまり直視したくないものなのだった。

母方の墓参りも、代々の墓に行くわけではない。祖父母は、最初の子供を戦争中に亡くした。

宇都宮が空襲にあった時期に、生まれたばかりの男子が栄養失調で亡くなったのだった。だから、達也の母は本来ならば三人兄妹で、写真もないという長兄のために毎年、花を供え、線香を上げ、肉を焼けそうなほど炎天下で熱せられた石に水をかける。次男である伯父が、新聞紙を丸めてマッチを擦ると、あっという間に何か事故のように大きな炎が立ちあがり、舞い上がった灰のかけらが鳥の群れみたいに回りながら落ちていく。

生まれてすぐに、年に一度帰ってくるだけの存在になった。ただ帰ってくるために生まれてきた存在になってしまった。その墓に、いつかは祖父母も入ることになるらしい。

「寺の家」にはいまでも親族が住んでいるが、以前は盆に人が集まった。テレビでは甲子園の歓声が響いていた。一番暑いときに野球などバカげていると、スポーツ嫌いの達也は思っていて、それが当然のように夏の風物詩になっているこの家は、確かによその家なのだと思った。

その周囲には寺が集まっている。一族の寺とは別の寺が敷地の隣にあり、塀の向こうは墓地だった。そのため、母が小さい頃には、火の玉が出たぞ、と兄に脅かされたりして、夜一人で外の小屋にある便所に行くのが怖かった。兄が冗談ばかり言うのはわかっているのだが、あるとき、竹の棒を振りかざして、そこにいるぞ、と梅の木を指したときにも、妹は平気ではいられなかった。

「何がいるの?」

「なんかいたぞお」

「なんかって何？」

彼女が食い下がると、兄は、いないよと言って、そそくさと家に戻った。妹は取り残されて、梅の木を見ていた。心細かった。お兄ちゃんはふざけて怖いこと言うから嫌だ、と思っていたのに、そばにいてくれたから安心だったのだ。一人取り残されて、水滴が肩に垂れたようにひやりとした。なのに、その瞬間が弾けると、そこにあるのはただの梅の木だった。何もいないよ。これは梅の木。


母の机は、よく整理されている。画材がある。今の白い家でもそうだし、昔の和風の家のときもそうだった。昔の家には黒い机があったが、いつの間にか処分されてしまった。炭のように黒い机だった。それはあたかも、火事で全焼した家屋が、翌日に真っ黒になった骨組みだけをさらしているような机だった。

母の黒い机は、昔の家の二階、階段を上ってすぐあるリビングの、ベランダに面する窓際にあった――達也はその配置をいまでも思い出すことができる。リビングの右には寝室が、左にはスタジオがある。その机の奥には、小さな正方形に区切られた飾り棚があり、そのマス目には、色とりどりのインクの瓶が並んでいる。蓋がスポイトになっていて、ラベルにアルファベットが書いてある外国製のインクで、子供がそれに触れることは禁じられていた。

そばの壁には、母が自分で描いた、黒いドレスの女性の絵があった。黒い線で描かれ、目のところにだけアイシャドウとして薄く青緑を塗ってある。子供にとってはちょっと怖い絵だった。あとからの知識でいえば、それはおそらく、イギリス世紀末の画家、ビアズリーの影響を受けている。

母との遊びは、絵を描くこと。絵は父も得意で、デッサンは父の方がうまく、それが二人を出会わせたきっかけのひとつなのだが、子供と画材で遊ぶのは母の役割だった。

物の名前を覚え始めた達也が、何か名前を言えば、描いてくれる。ちょっと待ってと母は言い、ぴんと張った指先から、たちどころに魔法のように動物や食べ物を出現させる。

瓶に入ったインクは使わせてもらえない。それは飾っておくだけだったのか、母が使うのも見たことがない。

あるとき、これはとっておきのもの、という感じで、母は薄い木箱を出してきて、蓋を開けた。色がずらりと並んでいる。あらゆる色の、子供の指みたいな小さなかけらが整列している。植物があり、空があり、海があり、唇があり、土があり、夜があり、食べ物があり、皮膚があり、布団カバーがあり、髪の毛があった。

パステルという画材だった。色の粉末を固めたもので、塗りつけて指でこすると、ぼかすことができる。それは自由に使っていいものではなく、許可を得て、棚から出してもらうものだった。ママはこれを大切にしているの、と言った。そんなふうに言われた記憶が、達也にはある。

その頃かもしれない、達也はママを裏切った。

達也は一階で、祖母と一緒に寝たがって、ある時期それを許されていた。

祖母は甘やかしてくれる。達也は、わざとわがままを言った。夜中に起きて、お腹がすいたと言い、祖母と台所に行って、こっそり牛乳を飲ませてもらった。流しの上の蛍光灯だけをつけて。それから、達也の要求はエスカレートする。次には、牛乳に砂糖を入れてもらうことにした。冷たい牛乳に入れるのだから溶けにくく、カチャカチャとスプーンで回しても底に砂糖が残っていた。さらには、もうひと工夫思いついて、砂糖を入れて、レモンも入れてほしいと達也は要求した。祖母はレモンを輪切りにし、これでいいんか、とコップに浮かべた。

嚙むと繊維がちぎれ、少しずつ飲み込まれていくが、レモンの繊維は紙くずみたいに口に残り、それをくちゃくちゃさせながら一人でトイレに行った。そこで、二階から下りてきてトイレに入ろうとする母と鉢合わせになった。

彼女は子供が口を動かしているのを見た。

まぶしいトイレの明かりを受けながら、達也は心臓が止まりそうに驚いた。だが、説明を始めた。お腹がすいたからおばあちゃんに牛乳をもらって、レモンも入れたらいいかなと思って……と、レモンまで入れるという奇抜なアイデアを自慢するように説明しようとした。

母の表情が、初めから怒っているのはわかっていた。

それでも一瞬で気を取り直して逆転勝利を狙ったのだ。説明を始めると、走り出すように言葉が流れとなって、その勢いが気持ちよくて、褒めてもらえる！　という胸の高鳴りまで感じていた。

「そんなことのために……じゃない！」

子供は首根っこを摑まれて、二階に連れ戻された。

それは、最初にして最大の否定だった。

そんなことのために、何々じゃない。その「何々」には、ある程度の文字数が入ると思われるのだが、高校二年の達也にとってその記憶はあまりにも遠い。そのとき母は怒りに任せて言ったから、もつれるように発音されたはずだ。くちゃくちゃと嚙むように。嚙み砕かれるほどに糸を引いて粘ついて、バラバラになるのではなくむしろひと塊になってしまう納豆をくちゃくちゃと弄んでいるかのように。

達也は、布団をかぶって、自分の体がさなぎのように膨らんでいるその様子を、眺めている。

そのあと父が、自分を叩いた。さなぎのように丸まったかたちを叩いた。ママを悲しませるな、と言って叩いた。

達也が父に叩かれたのはその一度だけだった。

叱りつけるというより、頼むからママを悲しませるな、という懇願のニュアンスだった――という感覚をなぜか達也は持っている。叩かれはした。だが、父が達也に怒りを向けたことは、たぶんそれ以外に一度もないのである。だが……そもそも叩かれたという記憶、まるで自分の姿を上から見ているような、ありえない映像さえ伴っているその記憶が本当に事実なのかは、結局わからない。

この出来事の時期に、妹ができたのだろうか？

当時の両親は二十代で、まだまだ未熟な若者だった。達也がその一時、手を離れたのをいいことに、両親は両親でこっそり二人の夜を、つまりセックスを楽しんでいたのかもしれない――という推測が自動的に始まるが、たぶん違う。母が妹を妊娠したときにはまだ二歳になっていない。あの場面のようにはしゃべれないだろう。もっとあとの話だ。あのときにはもう妹がいたのだろうか？　母が産婦人科にいるときに、農高の家で祖母と過ごした記憶もあるが、それがどこまで確かなのかもわからない。

結局のところ達也は、妹がいつから意識の中でかたちを成したのか、あやふやなのである。

一階のダイニングで、椅子を二つ使って、太った祖母が横になっている。

「こうなりてえなあ、とお願いすると、本当にそうなるんだよ。おれはな、大きな家に住んで、ずーっと昼寝してえって思ってたんだ。そうしたら、ほら、そうなった」

これが祖母の哲学である。そして達也は、一階に下りると、なんだか眠くなる気がする。

送り盆の日、達也の母は、父の車で送られて墓参りに行った。帰りは夕方になるとのことで、それまで達也は、叔母の家族と昼を食べに出たりしていた。

その午後も、祖母はダイニングの椅子をベッド代わりにして横になっていた。それを尻目に皆でお茶を飲んでいるとき、小学生の従弟が、遊ぼうよと言い出した。生まれて間もない従妹は、和室の布団で昼寝をさせられていた。八月の真ん中にしては暑さがましな日で、じゃあ外で何かしようか、と達也は言って、ちょうどスタジオのガレージが空いているから、「だるまさんが転んだ」でもするか、と提案した。僕が鬼をやるから。

達也はガレージの奥に立ち、逆光の黒い姿になった人々を目を凝らして眺め、背を向けた。

だー、るー、まー、さー、んー、がー、
ころんだ。

振り向くと、皆が手足をサンゴみたいに曲げて止まっている。そのスナップショットをしばらく見て、背を向ける。

だー、るー、まー、さー、んー、がー、

――そのあいだに何が起きているのか。顔のない影が、わらわらと触手を動かしている絵が浮かぶ。また繰り返す。だるまさんがころんだ。

叔母がふざけて、苦痛に歪んだような顔で、天を仰ぐ姿勢で止まっている。顔も動かしちゃダメだよと言ってじっと見つめると、叔母はたまらず笑い出した。つられて皆が笑って、固まっていた世界がまた動き始め、叔母は、私鬼ねと言って、大きく腕を振りながらこちらに歩いてきた。

八月の終わり頃から、雷が何度か鳴った。

そして今年は、秋になっても雷が鳴る。アニメの世界は夏のままだった。続けて観ていたら、隕石が衝突して地球の気候が変わり、そのとき人類の半分が失われたという設定がわかった。南極の氷が溶けて海の水位が上がった。東京は水没し、箱根のあたりに「新たな東京」が造営されたのである。

アニメらしい青い空、緑の木々、灰色の街。という三色の画面が、いつも脳裏にちらつくようになった。

主人公は不本意にロボットに乗ることになる。それはガンダムだってそうだし、物語の始まりというのはそういうものだ。物語は、無理に始めなければ始まらない。

達也はこれから東京へ行く。

最短なら一年ちょっとあとに。もし失敗しても、何が何でもいつかは東京へ行く。絶対だ。両親がかつて宇都宮を出たように。同じく、絶対にだ。しかし、ロケットのごとくそこへ突進していく新幹線に乗った先が、箱根あたりにつくられた東京だとしても、見分けがつかないなと思った。

東京は、どこにあるのだろうか。

いまでは新幹線で一時間だが、達也が小さい頃は、非常に長い時間をかけて車で東京へ行った。

真夏に、クーラーの効かない赤いミニクーパーにすし詰めになって、東京へ向かう国道四号線の途中、どこかでオーバーヒートを起こしたことがあった。父は車検のたびに外車をいろいろ買い換えてきたが、日本の気候に合わないのか、遠出のときに何度かオーバーヒートを経験している。そのときの赤い車の中は、鉄板焼きでも囲んでいるような暑さだった。妹がいた。救助の車を待たねばならず、なかなか来なくて、妹がずっと泣いていた。

もうひとつの東京。いくつかあるうちのひとつの東京。別の番組にチャンネルを変えたように、宇都宮から突然切り替わって、東京が、体を急激に引きつらせる恐るべき騒音として立ち現れる。達也は、その興奮のただなかへとテレポートするように移送される。運ばれていくことになるだろう。担架に乗せられ、病院に運ばれていくように。

5

ネットにある同性愛の情報は、とにかく東京だった。

東京ですべてが起きている。関西の掲示板もあるが、行かないし見ない。

宇都宮の情報は、北関東でまとめて扱われている。調べていくと、ひとつの地図があった。一箇所だけ「街」にあるハッテン場の地図である。線が何本か交差して鳥居のかたちを成しており、目的地を示す星印がある。東武宇都宮駅が左下にあって、そこから伸びていく線は、オリオン通りだ。

星印の場所は、オリオン通りが終わった先だった。つまり塾のすぐ近くなのである。すぐ近くにあったが、まったく気に留めたことがない雑居ビルである。

世界の裏側が、そんなに近くにあったのだ。皆が東京行きの切符を手にするべく青春を犠牲にしているそばで、秘密の行為が行われている。ゾワッとした。

達也は、そこで人が得ている悪魔的な快感を想像した。それまで想像しかできなかった、一人で行うのとはまったく違うはずの快感を、人は実際に体験しているのだ。そんなことが行われているとは誰も思わない場所に、影の世界がかぶさっている。つまり、見つからなければいい。見つかれば問題になるだろう。捕まるかもしれない、だが見つからないことは、起こっていないのである。

起こっていないことが、起こっているのだ。

いつ行くべきか。いますぐにでも行きたい気持ちと、悪に手を染める恐怖とが沸騰した渦になる。

塾に行くときに、まず下見をすることにした。

いつも行くエリアだから、行けばわかるかと思いきや、行ってみるとわからない。地図にはビルの名前があったが、建物のどこに名前があるのか見つからず、覗き込んだり首を伸ばしたりするとまるで不審者で、さっそく悪の道に踏み込んでいるわけで、手汗がじっとりと滲んでくる。それに、そんなおぞましい場所が簡単に見つかるべきではない。わざと見つけまいとしているのだ。

結局、どこにでもありそうな雑居ビルが目的地だった。初めてその存在を意識したわけだが、どこかで見た建物のようでもあった。

塾へ向かうときに、達也はいつも、オリオン通りの終端から見える大きなキャバクラか何かの看板に気をとられていた。ピンクの振り袖を着たアニメ風の女性の看板で、「和風美女の店」だというのだが、どういう店なのだろうといつも思っていた。どこまで何ができる店なのか。お酒を飲むだけなのか。「和風美女」がいて飲むだけで楽しいのか。などと毎回考えながら塾に向かっていたので、周りはよく見ていなかったのである。

目的地は、塾からも視界に入るビルだった。ここがそうなのだ、と思うと、人々は実はこの忌まわしい事実を知っていて、ここをうろうろしていたらそうだと思われるんじゃないか、自分は高校生で未成年で、通報され親にバレて、何もかもめちゃくちゃになるんじゃないか——と恐怖が湧いてくる。親にだけは知られたくなかった。

奥にエレベーターがあり、その脇に階段があるのがわかる。さっさと入らなければかえって怪しい。二階にあるトイレに行く。サッと行く。見るだけだ。

達也は階段を上った。

通路が伸びている。飲み屋の看板がぽつぽつとある。

トイレは階段のそばにはないようで、探す必要がある。ここに来たことがなく見えない自然な速度で歩いていき、視線を奥へと投げる。突き当たりの左手に、男子を意味する黒いマークがある。ドアを開けて入った。

ただのトイレだった。誰もいなかった。ここがそうなのか、と思ったが、じゃあ、いまどうしたらいいのか。ここでぼんやりしていたらまずいんじゃないか、という不安に襲われる。次の瞬間に誰か来るかもしれないからだ。見に来ていることが見られる可能性がある。トイレは見るものじゃない。使うものだ。便器をわざわざ見るんじゃ、まるでデュシャンの作品じゃないか。

いまは誰にも見られていないのに、誰にも迷いを見せないように、すぐ奥の便器の前に立った。

蛍光灯の光が緑がかっている。

ジッパーを下ろした。パンツから取り出したものは、しぼんでいて、蟬の抜け殻のように身をかがめていた。小便が少しだけ出た。それですぐパンツに戻し、ジッパーを上げた。

急にトイレに行きたくなって、ここを見つけたのだ。

チャットの高校生とメールの交換が始まった。

それが達也にとって初めての、インターネットのメールである。本名もわからないし、実際どこにいるのかもわからない人間に連絡をとる。宇都宮で生まれ育ったこの十七年間の外部への、初めての通信である。

地球の外に向けた通信に等しい。宇宙人はいたのである。

しかも、そいつは顔写真の画像を送ってきた。証明写真のような真正面の姿で、黒いトレーナーを着ており、想像よりもがっしりしていて、目つきがちょっと悪い気がする。スキャンの仕方が悪いのか、もとからそうなのか全体にピンボケだった。もっと線の細い感じの、美少年的なイメージを勝手に思い描いていた。それは幻想だったらしい。イケメンとは言えないだろう。この男を性的に見る、ということなのか？

同性に興味があるという同年代の男の顔を、初めて見たのだった。インターネットの向こうにいる。

好みかと言われればたぶん違うのだろう。だが、生身の人間の男性で、好みかどうかを真剣に考えること自体これが初めてなのだった。そう思うと、学校の岩田はイケメンだと思うが、岩田がはたして好みかどうかをちゃんと考えたこともなかった。ああいう体育会系が好みなのだろうか？　そう考えてみても、摑みどころがない感じがする。

奇妙な感情があった。この人物に会ってみたい。不可能だと思うが、会ってみたい。大阪に住んでいるというのである。行くことを考えたこともない場所だ。

達也はその画像をよく見ようとして、Photoshopで開いて拡大してみた。そうすると、ただでさえボケた画像がさらにボケてしまう。この顔を対象にしてオナニーしたい気持ちになっていた。好みかどうかもわからないのに。

阿久津がフェラチオの真似をしていた着替えの場面が浮かんでくる。岩田の腰に添えた阿久津の手のかたち。ペニスをかたどるように筒状に丸めた手。それは望遠鏡のようなかたちで、その向こうには真っ黒な宇宙があり、星々がある。真っ黒な背景に、どれも太陽みたいなものだと言われる遠い恒星の、白い点々が散らばっている。

お返しに自分の写真も送りたいのだが、達也は人に見せられる写真がなかった。ひどい近視なのでつねに眼鏡をかけていて、中学高校の写真で眼鏡をかけていないものは……きっと一枚もない。

眼鏡を外して鏡を見ると、そう悪くないな、と最近ようやくそういう意識を持つようになっていた。だが、眼鏡を外した顔が、自分の本当の顔なのだろうか。いま初めて、自分の顔について考えなければならなくなった。

だが、その写真が本物なのかもわからない。大阪の高校生だというのもわからない。それは「現象」かもしれない。学校には、たいがい不良という「現象」が生じるように。

無数の情報が行き交うインターネットでは、何かの弾みで、人間に見える現象が生じるのかもしれない。それが見えれば、それは存在する。本当の事実がどうであるかではなく、見えるものがインターネットでは存在するのである。見えないものは、存在しない。

見られていなければ、トイレでは何も起きていない。


達也の妹は、ポラロイドを撮り始めた。

喫煙という大罪を罰するために誕生日のプレゼントはおじゃんになったが、それから少しズラしたタイミングで、写真をやらせてみたら、と達也が父に吹き込み、父は父でフォローになると考えたらしく、ある夜、またパパが何か買ってきたという体で、これ買ってきたぞと涼子に渡したのだった。

というわけで、達也の策略により、誕生日のプレゼントは疑似的に実現され、そしてそれは、達也が父に多少なりとも「影の力」を発揮させたことになるわけだ。

ポラロイドの印画紙は、触れるとべたべたして、カエルの皮膚のように冷たい。涼子の「作品」は、体に悪いアメリカのお菓子みたいに派手な色で日常が写っていて、最近話題の渋谷を撮る女性写真家を思わせるものだった。残念ながらここは宇都宮だが、それでも一枚一枚に切り取られた、兄からは見えない彼女の日常は、どこかの渋谷のようだった。駅のベンチで居眠りしている人、じゃれ合うセーラー服の女の子同士、うずくまる犬、マクドナルドの看板。それらをつなぐ移動の線は、明らかに達也のものではない。この写真は他人の日記であり、芸術を目指しているとは見えない。

達也は、現代美術としての抽象的な絵を描こうと試していたが、そんなものより、妹のなにげない写真のほうが価値があるように思えて居心地が悪くなり、そしてその自然さには女性的なものを感じて、そのことに嫉妬している気がした。

ありがちな男らしさは鳥肌が立つほど嫌いだ。だが僕は女性じゃないし、女性的な自然さはそれはそれで異質だった。

「なかなかいいんじゃない？」

涼子が写真を並べて見せると、父はまず褒めた。その上でコメントを始めた。

「まあしかし、カメラはなあ、光の扱いだからな。これなんか逆光で、それがかえっていいけど。逆光ってわかってるか？」

「顔が暗くなってるね」

と、涼子はその一枚をつまみ上げ、達也に手渡した。

「モデルさんの目ってきれいに白い光が入ってるでしょ、あれ拡大して見てみ。四角形だから。あれは、前でアシスタントが反射板を持ってて、映り込ませてるんだよ」

「あー、そこまでやるのがプロなのかあ」

父がしゃべり続けるのを涼子は「へえー」という感じで聞いているので、達也は口を挟んだ。

「それって広告とかでしょ。この写真はそうじゃないから」

「でも写真でやってくとなると、意識して撮れるようにならないとな。まあポラはとりあえずだが、それに、ネガフィルムで撮ってたって光のことはわからないんだよ。ポジフィルムで狙い通りにコントロールできるようにならないと」

「――うん、そこまでやれるかはわからないけど」

ちょっと迷ったように、涼子は静かに言った。

「パパ、そういうことじゃないんだよ」

達也は身を乗り出して、早口で続ける。

「これはもうできてるんだよ。こういうものなの」

「ああ、そうだな、これはまあこれだな」

「これはこれだじゃなくて、完成してるんだよ」

さらに畳みかけた。

「写真は一瞬を切り取って残す。それだけでいい」

達也は図らずも大きな声を出していた。

それだけでいい。

と言い切った達也には、虎が獲物に爪を振り下ろしたような暴力の手応えがあった。達也は叩いた。何かを叩いた。徹底的に潰してやる、と思った。驚いたふうに眉を釣り上げて黙っていた父は、気を取り直したのか、大人の男の落ち着いた笑顔をつくって、そりゃあそうだな、と言った。妹は、どういう顔をすればいいかわからないような、かたちになりきらない笑みを浮かべていた。

ラボを訪問し、キャサリンとかいう女とラーメンを食べてから数日、「いまから来い」と野村さんから連絡がある。

十月二十六日、木曜日、夜。気温はだいぶ下がってきた。

仕事から戻った達也の父が、二階で夕食をとっている最中に携帯が鳴った。当然疲れていたが、来いというのなら行かねばならないのが野村さんである。来い、とだけ言うのである。アンプはできたということなのか？　例によってあまりにぶっきらぼうなので、それもはっきりしない。

いまから行くのお？　と呆れながらも、野村くんいいは女の子みたいな長髪で彫りが深いハンサムだった、みんなの憧れの的だったのよ、などと語ることもある母は、男二人の関係を面白がっているらしいのだが、それをよそに達也の父は、一度脱いだ革ジャンをまたはおって十時過ぎから出かけることになり、ついでにレンタルビデオを返すことにした。達也も塾から戻ったところだったが、一緒に出かける。ビデオを包む青い袋は、達也が脇に抱えた。

それだけ遅い時間になれば、街も車が減っている。

達也の目は、タクシーのテールランプをずっと追いかけている。父の助手席にいるのが好きだ。父はタバコを吸うから煙たいけれど、風景を独り占めできる隣の席にいて、自分を特別な存在だと思うことができる。事故があったら後ろの方が安全だからＶＩＰは後ろに乗る、などという考えは達也には浮かばなかった。最も大切な人間は、隣にいるものだ。かつて母が、父の隣にいたのと同じように。

吸わないでよと言えば、父は仕方なくタバコを消した。達也はドアに手をやってボタンを探る。冷たい小石のようなものを探り当て、押し込むと、カメラがフィルムを巻くようなモーターの音がして窓が下がる。

「野村は昔から何でも突然で、言うことときかないからな」

「じゃあ、パパが言うことときいてたわけ？」

「あれが何か始めると、岩みたいに動かないんだよ。機械みたいなもんだ。スイッチが入ったらどうしょもない」

「Ｋもちょっとそうかもな。

でも、スイッチは誰かが切らないとダメなんじゃないの」

東武デパートの角で、群れなす漁火のような光が次々と右へカーブして流れ始める。中心部の大通りに入っていく。

「切れるんだよスイッチは。勝手に」

大通りの、あるところで左に入る。二荒山《ふたあらさん》神社の裏手の方へ向かう。大ざっぱにはわかるが、達也は道をよく知らない。自転車で行ける範囲ならわかるが、車に乗せられているときは方向感覚が曖昧だった。地図ができていない。というより、つくる気もないのだった。父の運転に身を任せているだけだったから。意識がどこか朦朧としている。見ていない。周りを見ていない。どこを見ているのか。

タバコの臭いがあり、会話がある。闇と光が流れていく。

野村さんの家に近づいているのがわかった。闇の中にシトロエンが浮かび上がる。その丸っこい輪郭が、熱帯植物の間から漏れるラボの黄色い光で縁取られている。

呼び鈴を鳴らすこともなく達也の父がドアを開けようとすると、ドアはすでに薄く開いていたので、そのまま何の抵抗もなしに、つるつるした雑誌のページをめくるような軽さで開いた。玄関は、オレンジ色の濃厚で憂鬱な光に満たされていて、眼球の奥をいらだたせるようなその赤みが、家全体に染みついたスパイスの臭いを増幅させる。

「おーい」

父が遠慮なく上がり込むので、達也も急いで靴を脱いでついていく。

ラボに入ると、色鮮やかなインコが目に入る。作業台の手前にある木の枝にいる。

「野村」

いない。もっと奥まで行く。見回しても、ラボにはいないらしい。住居の方にいるのだろうか。だが、そこまで踏み込んで探すわけにもいかない。

「のーむーら」

父が大きくゆっくり言う。

「いないね？」

独り言のように達也がそう言ったら、ガサガサと音がするので振り返ると、インコが虹色の羽をゆっさゆっさと開こうとして、植物を揺すぶっていた。大型の鳥だと、羽というより腕を振っているみたいだ。飛びかかってこないよなと心配しながら近づくと、ギーッと鳴いて達也を驚かした。

「野村さん、いないいね」

「イナイネ」

「あ、いないね、って言った。真似してる」

またもう一度、イナイイネ、と小五郎が言った。

達也の父は作業台を見ていた。アンプの配線は、まるで別物のようにきれいに仕上げられている様子だった。

「こりゃあ、まいったな」

二人はしばらく立ち尽くしていたが、これ以上どうにもできないわけで、諦めて引きあげることにした。

その夜、雷があった。

雷だ、と達也は思った。帰りが遅くなったから、ネットにつなぐこともなくベッドに潜り込んだ。父がスタジオに帰るときにベランダをザッザッとサンダルの音が行くのが聞こえていた。なかなか眠れないまま、枕元に、小学生のときから使っている水色の、防水タイプのウォークマンを置き、イヤフォンを耳に入れ、当てもなくラジオのつまみを回した。

一瞬どこかにつながって音楽が聞こえても、つまみを回しすぎて通り過ぎて、砂嵐のようなノイズになる。さらに先へ回すと急に視界が晴れて、妙にくっきりと人の話し声が始まる。そんなふうに、つまみを弄んで行ったり来たりを繰り返しているときに、ベッド脇のカーテンが光った。

カーテンの四角形がパッと闇を切り取った。

達也はイヤフォンを外した。また光った。今度は、蛍光灯がつくときのように点滅した。雷だ、と思った。音がしないかと注意を向けた。獣がうなるあの音がしないかと息を潜めて待機した。だが、何も聞こえないようだった。

翌日、金曜日の午後。達也の父は、社長室から野村さんの家に電話をかけた。呼び出し音が長く続いたので心配になったが、ようやくお父さんが出た。

「いつもお世話になってます、志賀です。お父さん、野村くんは戻ってますか」

「戻ってる？」

「実は昨日の夜、電話があって呼ばれて、それで行ったんですが、行ったらいなかったもので」

「ああ、そうでしたか。いらっしゃったんですね。それはお茶も出さずにすいませんでした」

「いや、遅い時間だったので。お休みのところだったと思います。すいません、勝手に上がり込んでしまって」

「まあ、私はこれでも夜更かしなんでね、コンビニでも行ってたときでしょう」

「何かあったんじゃないかと思いまして」

「拉致されたとか？」

「ええ？」

「冗談ですよ」

ファッファッとお父さんは笑い、変な宗教の事件もありましたからね、と続けた。

「まあ、研二にはそういうところがありますから」

まったく動じない様子である。達也の父が、警察は、と言いかけると、いやいやいや、と遮り、ちょっと待ちましょうとお父さんは言った。それで達也の父は、仕事の帰りに寄りますので、アンプを引き取りたいのですが、と申し出た。引き渡しの日は迫っており、あてもなく待っている時間はない。いつでもどうぞ、とお父さんは穏やかに言った。

いつも使う近くのパーキングが満車だったので、仕方なくそばに路上駐車して向かうと、相変わらず不用心なことに、玄関は開きっぱなしだった。お父さんは在宅で、挨拶をするにはして、お茶は丁寧に辞退し、車にアンプを運び込んだ。お父さんが手伝ってくれた。

「いつも申し訳ありません」

「いや、こちらこそ申し訳ありません。

これ、続きは志賀くんがやるんでしょう。研二の配線はクセがあるからね。変にこだわってるから。幾何学模様みたいになってて。私も長くやってるけどね、線をつなぐってのは、そんなにキレイじゃなくていいんです。つながってりゃいいんだから。まあ、申し訳ない気持ちですよ」

　なんとか間に合わせなければならない。加藤から場所の連絡を受けていた。地図がメールで送られてきた。

　アンプを持ち帰って、状態を確認する。

　配線はほぼ終わっていた。最後の調整に何か言うことがあって呼び出したのかもしれない。まだ外していない劣化した部品がいくつかある。交換する必要がある。

　達也は、夜の勉強のめどがついてから、遅くまでスタジオの窓が明るいのを見て、ウーロン茶を持って覗きに行った。

　煙が満ちている奥に、黄色く照らされた父の後ろ姿が見える。丸まった背中は、以前よりずいぶん肉がついた。

　後戻りできない太り方だと達也は思った。母の話では、東京時代の父は、女もののジーンズが穿けるくらい細かったという。達也はいまはガリガリだ。母方は痩せ型なので、その血があるから自分は太らないと高をくくっているのだが、結局は父の運命をなぞるのかもしれない。

「どう?」

　と、コップを置いて達也が訊くと、

「まあできてるね。部品がなあ、全部やっちゃってくれたらよかったんだが。うちにはウェスタンのはないから」

「新しい部品にするわけ？」

「しょうがないよな。まあ、いいんだよ」

「つまり、ちょっとインチキだってことになるわけか」

「全部純正ってのも難しいよ。化石みたいなもんだから」

鉄の箱に、アンモナイトや三葉虫が張りついているわけだ。達也は、恐竜を遺伝子から復活させる映画を観たのを思い出す。すごいＣＧで、本当に現代に恐竜がいるような迫真の映像だった。スピルバーグだ。絶対スピルバーグだ。でもあれは監督作品だったか、それとも「製作総指揮」？　という役割が何をするのか知らないのだが、とにかくああいうハラハラドキドキといったらスピルバーグに決まってる。

オーディオは怪しい。達也はまたそう思った。ウェスタンはオーディオの伝説であり、すべての部品が、さらにはケーブルからスイッチまでウェスタン純正なら最高の音になるのだろうか。完全な純粋を追求すればいいのだろうか。

作業台の奥に、テレビよりも横長の、緑がかった青い画面があり、水平線のような光が横一文字に表示されている。その機械から出ているケーブルの先には、短い鉛筆みたいな端子があって、それを部品の足に当ててると、光の線は波に変化する。それは電圧を意味している。パッと波になり、部品から離すと直線に戻るその変化は、ムチがしなって元に戻るみたいだ。達也の父はそれを使って、部品の特性を調べる。

小さい頃からその機械がスタジオにある。オシロスコープである。その画面の色は、海のようだ。エメラルドグリーン。だが、そんな色の海は見たことがなかった。関東地方の薄汚い海にしか行ったことがない達也にとって、エメラルドグリーンとは、どこかにあるはずの「海そのもの」の色だ。

ボタンやスイッチがたくさんある。オレンジや赤や灰色や緑の突起は、何に使うのかわからないが、「押してしまえ」と誘惑しているみたいだ。

達也は、電源のボタンだけは知っている。小さい頃、父がいないときにこっそり電源を入れて遊んでいた。医者になったつもりで、端子を自分の手に当てた。

すると画面の水平線はギザギザになり、上下に割れた。心臓を調べる機械みたいだ。その線が何を意味するのかはわからない。ただ、その機械を「使った」という実感だけがあった。僕は、カガクをしている。

端子を手に近づけると、電気がバチッとするかもしれないと不安がよぎったが、金属が冷たいだけで何も起きない。それは当然なのだが、それでも毎回緊張した。今度こそは痺れるかもしれない——という無駄な心配は、科学的ではない。

6

達也は、自分の写真をどうしようか迷っていた。眼鏡をしていない素顔の写真。自分で自分を撮る必要がある。他人の顔を意識することで、自分の顔を意識するようになった。

洗面台で髪を気にする。オリオン通りの書店の隅っこで見つけた、男同士が関係する「やおい」マンガの主人公に合わせて、髪を真ん中で分けてみたりした。そのときには、分けすぎてしまって、髪が二つの山に、お尻みたいにぱっくり割れてしまったのだが、自分ではおかしいと気づかず、学校でKに、髪変じゃないのと言われて気づいたのだった。

髪は、自然に下ろしたい。だが、前髪に癖があって、まっすぐに下りてくれない。ジャニーズのアイドルなんかは、シュッシュッとシャープペンで線を引いたようなマンガみたいな髪で、もとからそう生まれた人がアイドルになるんだろうと羨ましく思う。とにかく、ブラシで髪を引っ張るように伸ばして、目にかかるくらいにするのがカッコいいと思った。

隣の妹の部屋からは、気にさわる音楽が聞こえていた。例によってチャゲ&アスカで、ノックしてドアを開けてもらうと、熱っぽく身をよじるような歌唱がわっと迫ってきて、蒸気に満ちた風呂場に入っていくようだった。用事はすぐ済ませようと、ポラロイド貸してくれる？と言った。

「写真撮るの？」

「うん、ちょっと自分を撮ってみたくて」

「なんで」

あ、と声を出しそうになった。まずい。その先の展開を考えずに、やろうとしていることをそのまま言ってしまった。とっさに考えて、

「絵を描くのに使おうと思って」

と返したら、それ以上追及する気もなさそうで、机にあった黒い機械を持ってきてくれた。その周りには化粧道具が散らばっており、鏡もあった。OLの部屋みたいだ。それに花みたいな匂いがして、ここに長居してはいけないと感じた。

「フィルム使っちゃうことになるね、いいのかな」

何枚も撮らなきゃいいよ、と言われる。

　ポラロイドでもやったらと言ってから、自分でその機械を手に取ったのは初めてだった。下の方が面積が大きく、そこにスリットがあって写真がベロみたいに出てくる。その上にカメラ部分がある。という二重構造を挟むように持つと、ハンバーガーみたい。ビッグマックだ。

　部屋に持ち帰って机に置いた。それからもう一度洗面台に行って髪を確認してから、撮影が始まる。なるほど、こういうときがあるから、持ち歩けるような鏡を持っている必要があるんだな、とわかった。涼子の部屋にもあった。

　達也は、そのハンバーガーを左右からがっしり摑み、腕を伸ばして、レンズに対して若干斜めになるように顔を構え、シャッターを押した。

　モーターの音がして、結果が出てきた。

　写っている自分は、視線を下に向けていた。レンズを見たつもりだったが、瞬間的に、視線のコントロールができていない。髪は、思い通りにまっすぐ下がっている。ちょっとピントが甘いおかげで、癖は目立たないようだ。本当にまっすぐではない。写真の上では、アイドル風の前髪という「現象」がある程度は実現していた。

　その翌日、達也は学校で、帰る前に手洗い場にある鏡を見てみた。眼鏡を外して顔を見た。

その顔は、小さい頃の自分に似ている。似ているというのはおかしな話だ。達也が眼鏡をかけ始めたのは小学校の四年くらいで、その見た目に慣れすぎているのだが、眼鏡の下ではずっとその顔だった。本来の姿を忘れてしまった。それは、家の中にずっとあったのに、なぜか前を素通りしていた部屋の存在に気づいたみたいだった。達也は、インターネットを通して、小さい頃からの姿をやり直そうとしている。

ふたたび眼鏡をかけて、一応トイレに寄ろうとしたときに、廊下の向こうから手を挙げながら近づいてくる姿があった。よく見えなくて、達也は眼鏡をまた外し、しっかりと深くかけ直した。それは阿久津だった。

「志賀くん、ちょっといい？」

阿久津と話すなんて、入学してからそう何回もないので、

「何ですか？」

と、変に意識して「ですます」で答えてしまった。先日のオナニーの話がまだ脳裏にある。その緊張を思い出した。正直に言えば、あのとき達也は、明らかに自分を良く思っていないこの人物が、怖いと思っていた。

「これなんだけど」

ケースに入ったカセットテープを渡される。阿久津はイヤフォンを外し、細いコードを首に

かけている。

裏面には、几帳面な字で曲名が書いてあった。

「志賀くん、音楽やってるでしょ。「ルネサンス」っていうんだよね。いや俺も、曲作ってみたのよ。ちょっと聴いてみてくれないかな」

「いま?」

と言って、達也は目を上げた。思いもしない話だった。阿久津が音楽に興味があるとは初耳だし、Kとやっているルネサンスのことをどこで聞いたのか、誰がこいつに言ったのか、不快に思った。こんなやつに音楽の才能があるわけがない。達也の胸に冷気がひたひたと広がった。人を小馬鹿にしていたやつだ。親切にする必要があるとは思えない。ここで親切にしたらバカみたいじゃないか。

「家で聴いてくれれば」

「あー、いいや」

達也はカセットを阿久津の手に戻した。それを相手がちゃんと握るまで押しつけて、握らせて、その場を立ち去った。振り返らないようにした。

「志賀くん」

また呼ばれた。面倒だなと思ったが、達也は立ち止まることにし、振り向いた。阿久津は突っ立ったままでいる。

「何？」

阿久津はとぼとぼと近づいてきて、逃げるわけにもいかない達也のすぐそばまで来て、言った。

「男が、男に興味あるっておかしいのかな」

そう言って、不味いものでも食べたように口を歪めながら、弱々しい笑みを浮かべた。

「やっぱり変態だよな」

達也は黙っていた。

「でもそういうことって――ないか」

「男同士で恋愛する小説を読んだことあるし、マンガもあるよ。エロいマンガもある」

阿久津の表情が固くなる。頬の肉がキュッとお尻のように持ち上がり、何か言おうとする口の動きが見えたが、達也は何も言わせまいとする速さで、

「そういうジャンルはあるからね」

と言って、背を向けて歩き出した。

水曜日の夜。夕食後、妹は部屋にこもった。二階に上がり、リビングで達也は母と二人きり

になる。タバコ事件のあと、妹が気まずそうに部屋に閉じこもりがちになったせいで、母と二人の時間が妙に意識される。

祖父母が、同じく福島出身の親戚を訪ねるというので、三人で夕食をとった。スパゲッティだけの、ランチみたいな夕食をとった。いつもは五人で囲むダイニングテーブルが無駄に広く、学校のグラウンドみたいだった。三人とも言葉少なで、もそもそと食べるだけ食べた。

いつ頃からか母の、土曜の昼の定番になったカルボナーラを、三人だからいいよねと夜につくった。半生の卵とチーズ、塩コショウ。お店ではよくクリームを入れるが、母のレシピは卵だけで、卵かけご飯みたいなもの。味がちょっと弱いので、達也はガンガンに粉チーズをかける。のちに達也は、本場ローマのカルボナーラではクリームを使わないという知識を、インターネットで知った。簡単に済ませているだけじゃない、これが本物なのである。

その簡単な食事のあと、二階に上がって達也はリビングで雑誌を見ていた。母が片づけをしてからやって来て、マグカップを持って腰を下ろし、テレビをつけると、例のアニメだった。電源が入り画面が光ってすぐに、何か白いものが飛び散る場面が映った。下着が飛び散った。ブラジャーやパンティーが花火のように画面いっぱいに飛び散って、二つの体が倒れた。主人公の少年が、裸の少女の乳房に手を置いてのしかかるかたちで倒れた。

母は興味がなさそうにマグカップのウーロン茶を啜っていて、達也は気まずくなり、いま母と二人きりだという意識が不気味に迫り上がってくる。デートみたいで気持ち悪い。

「今日、手術だったよね」

達也は言った。

「手術？」

「加藤さんの痔の手術。大丈夫だったかな」

「そんなことはどうでもいいの！」

母は強く言った。いま、二人でいるこの状況の外へと飛び出すような大声だった。

「いや、どうでもいいんだけど……

でも大丈夫だったかなって思ったから」

「そんな余計なこと考えなくていいの！」

ごめん、と謝った。会話はそこで止まった。沈黙のなかで、母がお茶をズズッと啜った。そのときアニメでは、上野駅の新幹線の地下ホームに至る、冥界へと吸い込まれていくような恐ろしい長さのエスカレーターを思い起こさせる、長い長い下りのエスカレーターに少年と少女が乗っていて、その途中で少年が何か言うと、少女に平手打ちを食らった。

加藤の痔の手術なんて、確かに達也が心配することではない。だが、彼女はどうしてこんなに否定する必要があるのか、達也は理解に苦しんだ。

達也は、王位継承者として王のことを気にかけているから、加藤を話題にしたのである。王の関係者を、王になり代わって話題にしたのだった。それが——思い上がりだということなのか？　母は何を否定しているのか？　父に近づきすぎている？　父の隣にいるべきなのは、私なのだとでも？　達也は、本来ならば彼女が座るべき助手席に、不当にも長居しすぎたのだろうか？

日に日に、達也は野村さんを忘れていった。そういうところがあるやつだなんて、気楽なことをお父さんが言っていたと聞いたが、野村さんはそういう人で、きっとそのうち本当に戻ってこなくなり、パパは彼と永遠に別れることになるのだろうと思った。

でもそれは、きっと悲しいことではない。それが野村さんなのだから。でも、きっとパパは悲しむ。

アンプを完成させて、岡社長を喜ばせる。それは達也の父の話で、息子には関係ないことだ——いや、それが会社の運命に影響するのなら、家族全員に関係がある。でも本当に、そんな根回しで会社がどうこうなるものなのか？

野村さんがいなくなっても達也の日常は変わらない。だが、何か頭がむずむずするような感じ、というより、顔の裏側が痒いような気がしていた。顔の裏側に、塩をふいたように蓄積した結晶をこそげ落としたいような、そんな痒みがじりじりと、顔から全身へ広がっていく。顔が誰かに見られ、選別される。女に見られる、男に見られる。この顔を誰かに届ける。この顔がロケットで東京へ飛んでいく。眼鏡に締めつけられ固められていた顔が、子供の頃、夏に決まってベランダに出したビニールプールの空気を抜いていくように、ふにゃふにゃになり始めていた。

日常は何も変わらない。だが、この一九九五年には、見えず聞こえもしない地滑りが起き始めている。

お正月の「隠し芸」の番組で、ベテランの芸能人が、上に食器を並べた状態で、そのひとつも倒さずにテーブルクロスを引き抜くという芸を披露するのが定番になっていた。ちょうどそんな感じに、野村さんの存在がサッと引き抜かれた気がした。その瞬間、上に載っているこの平凡な住宅街、高校、マンション、オリオン通りは、わずかに震えた。関西という別の惑星で起きた惨事の余波が、宇宙空間を通ってこの田舎まで伝播したかのように。引き抜かれたテーブルクロスのような一枚のポラロイドに写る自分の顔を、スキャンして大阪の高校生にメールした。翌日の夜、返事は来ない。その次の日も来なかった。

野村さんが姿を消してから一週間が過ぎた。

十一月の最初の土曜日、十一月四日。

達也は午前だけの、半ドンの学校から戻ったあと、スタジオで作業している父のそばに付き添っていた。そのとき野村さんが出現した。テレビの音量が、何かの間違いで最大になったような唐突さで。

土曜は塾があるから達也は夕方に出かけるが、父は午前からスタジオにこもってアンプの仕上げを急いでいた。

光が強まった。一気に強まるその光が唐突で、達也は急いで頭を向けたら、重心がぶれて体がそっちへ振られそうになって、スタジオの玄関に黒い影が立っているのを見た。

急な光のせいで、緑色の残像がたなびいているなかに、野村さんの彫りの深い目鼻が浮き上がってきた。

「野村?」

初めてその顔を見たように達也の父が言った。

親子はあっけにとられている。どうしてここにいるのか? 戻ってきたのか? 戻るも何もどこへ行っていたのか?

達也はその相変わらずスパイス臭い姿、わずかな隙にフィリピンと行き来したんじゃないかと思える姿をしげしげと見つめる。ヒゲが伸びた気がする。こんな感じの人にはヒゲがつきものだが、前からあったかどうか自信がない。いまは鼻の下にも顎にもヒゲが伸び放題で、それはイスラム教の人を思わせ、東南アジアよりも西へ、中東にでも行っていたみたいだった。

「お前どこ行ってたんだ」

「あとは俺がやる」

野村さんは部屋に上がり込み、まっすぐ作業台に向かっていき、アンプを両手で抱えようとする。あっという間の出来事だった。おいおいおい、と達也の父が飛びのく。

「ちょっと待てよ」

かまわず野村さんはひょいと鉄の塊を持ち上げた。やめろって、と父は野村さんに摑みかかる。

すると今度はトイレの芳香剤の匂いが広がって、達也は見渡すと、真っ赤な口紅で真っ赤な服を着た女、キャサリンとかいうあの女が上がり込んでいて、猫のようにすばやく脇に回り、野村さんからバトンタッチしてアンプを担ぎ、さっさと階段を降りてしまった。野村さんはもう一台のアンプを軽々と持ち上げ、足早にキャサリンに続いて出ていく。

「待てって！」

父が追いかけようとする。達也はその前に躍り出て、先に駆け下りる。階段がカンカンと虚ろな音を立てるなか、下ではシトロエン２ＣＶのエンジンがかかった。二人は自分たちの車に転がり込んで、すでにシトロエンが角を曲がり街道へ向かい始めているのを追いかける。

「追いかけるの？　どうして？　もう野村さんに任せればいいじゃん」

「わからん。わからんものをわからんままにするわけにはいかん。科学的じゃない」

野村さんの青い車はよたよたと揺れながらも、達也たちを引き離して無理やりに加速していく。

あの車をどこでどう止めるのか？

追いかけてどうするのか。ラボに戻るのだろう。とにかくずっと走っているわけはない。着いてからどうするかだ。

かつて達也が通っていた小学校を左手に見て、まっすぐ走っていく。この道順ならシトロエンは街中へ向かう。やはりラボに向かっている。このまま行けば東武デパートの角を右折して大通りに合流だ。暗くなっていた。テールランプのトマトみたいな赤い光が一斉に、魚群のように連れ立って同じ方向へ流れていく。夕方になろうとしていた。こうなったら今日は塾には行けない。サボるしかない。野村さんが出現してスタジオを飛び出したのは昼なのに、あたりの色はもう夕方で、空は桃色に染まり、建物のシルエットは暗く沈んでいき、だんだんとものの区別がつきにくくなっていた。

シトロエンが一段と加速を強めた。車一台分先に行き、その空いたマス目を埋めようとして達也らの車も加速するので、体に圧力がかかる。もう青には見えず、ただの黒い塊になったシトロエンの背面はさらに前に出て、ぐんぐん進んで引き離されてしまう。それに合わせて道はさらにまっすぐにどこまでも伸び、オレンジ色の街灯が次々に通り過ぎ、ひたすら続いていく道を二台の車がゴム紐を伸び縮みさせるように近づいたり離れたりしながら先へ先へと進んでいく。

ヤシのような葉っぱがこちらに手招きするようにかざされ、背の低いビルに灯る赤や青のネオンが目に流れてひょろひょろと線を描き、いま二人は、どこか南の街、フィリピンかどこかの街を貫く街道で、ひたすらにシトロエンを追いかけているのだった。

シトロエンはもう見えなかった。汚れた荷台にガラクタを積んだ車、窓ガラスのない塗装の剝げたバス、羽虫みたいにうなるスクーターがこぞって先を急いでいる。

この時間は、全員が全員どこかに帰ろうとしている。

空が暗くなっていく。空はいっそう紺色を濃くし、黒になり闇になり、サングラスになり、星々のあいだを隔てる何もない空間のように塗りつぶされる。

運転しているのは、なぜか野村さんだった。父には見えなかった。

パパ、と声をかけようとしたとき、その男は腕を伸ばしてギアのレバーに手をかけた。

そのとき男は、ギアをローからトップに入れた。

7

岡社長との約束の日は迫っていた。

だが、いつまでも時間はその日にたどり着くことができないで、一歩進んではまた目的地が遠ざかるその微々たる距離が決して尽きないみたいに、父の腕に巻かれたスピードマスターの秒針は、じりじりと回転を続けていた。

時計の針は、十二時をスタート地点として始まるのだとすれば、それはふたたび十二時に戻り、まったく同じ行程を繰り返す。当たり前のことだが、時計には出口がない。

達也の父は、車から降りると、いつものように何も考えずに社長室へ向かった。

「ものごとを進めるには、あとを振り返らないことである」

これもまた、英雄の哲学である。

会社の規模が大きくなり、新たにこの社長室をつくった。元は資料庫だったところを改装し、立派な御影石の机と、社長椅子らしい革の椅子を入れた。それまでは、制作スタッフと同じフロアの一角で、パーティションで仕切っただけのデスクにいた。社長としての、経営者としての自覚をいっそう持つことがこの段階で必要だと判断したのだ。立派な机と椅子を導入したのは、「何事もカタチから入る」からである。

野村さんは確かにアンプを持ち去った。だが、どういうわけか、達也と父は野村さんに追いつくことができなかった。できずに、日常へと強制的に連れ戻されたのである。

これはアキレスと亀の話に似ている。

歩みが遅い亀を、俊足のアキレスが追いかける。亀は、アキレスより百メートル先のA地点からスタートするとしよう。それを追いかけるアキレスが、A地点にたどり着いたとき、亀は、遅々たる歩みとはいえ、もう少し先のB地点にいる。続いてアキレスがB地点まで行ったときには、さらに狭い距離になるが、亀はもうちょっと先のC地点にいるはずである。そのように、距離は縮まっていくのだが、亀はつねに少し先にいて、アキレスは追いつけないという話である。無限に小さくなっていく距離。追いつくということがあるとすれば、それは、無限小を飛び越えることを意味する。達也はこの話を塾で聞いた。あの口が達者な須藤講師、清朝の末裔だという通称エンペラーが、お前らはどう思う？　と言って、それで放り出したままの話だった。

　地球から全速力で飛び出して、何かを追いかけているアキレスは、永遠に宇宙の途中にいるままなのだ。

　それと似て、達也と父は、宇宙の途中で空回りするかのように、日常を繰り返すことになる。野村さんは、ラボに帰り着いているというのに。

　達也の父は、社長室から野村さんの家に電話した。お父さんがにこやかな声で出て、取り次いでもらう。

「まだかかる」

「まだって、間に合うんか」

「それが人にものを頼む態度か」

　などと埒のあかない様子で、うやむやに電話を切るしかなかった。

　大阪の高校生は、達也の写真に返事をよこさず、しかもそれっきりチャットに来なくなった。それでも毎晩、戻ってくるのではと期待して、達也は決まって零時前にチャットに入った。偽の名前をつけた人々が集まる。いつもの他愛ない会話。このゲイチャットでも例のアニメが話題になっている。新たな入室が告げられると、あいつじゃないかと胸が高鳴るが、違う。

チャットは少しずつメンバーが入れ替わっている。新たに生えてきた雑草がちょっと成長しては、消える。

そんなことを語る意味があるのかわからない日常の他愛ない話。お金持ちだという人物が、ホテルの部屋で、「ロマネコンチ」を一気飲みしたという。本当だろうか？　最高級のワインを飲む人が、「ロマネ・コンティ」をそんなふうに言うだろうか。お粗末すぎるウソだ。ウソというか、そうやって場を盛り上げているわけで、そのためのウソをウソと呼ぶのは、正しいのだろうか。

達也がその場で、日常の一部をぼかしてはいるが一応正直に言っているのがバカらしく思える。人々はウソをついていないという前提で、達也はここにいる。だが本当はわからない。達也はお人好しで、というよりまだ子供なのだ。

送ってもらった写真を見返している。目つきの悪い目。そういうタイプを気にしたこともなかった顔だ。どこにでもいそうな男。誰とでも交換できそうな男。

アニメでは依然として夏が続いている。現実では、寒さを感じるようになった。

ブラウン管の中で蟬が鳴き続けているのは、誰にでも言えることを言っていたあの高校生の言葉が、いつまでも空回りしているみたいだった。結局、特別にその人でなければならないことなんて、何ひとつなかった。水没した東京に代わる新東京のように、水没した高校生に代わる人物に、僕はいつかどこかで出会うことになる。

たぶん東京で。

東京それはどんなところだろう。

見分けのつかない場所。ノイズに埋もれている場所。結局どこが本当の東京なのか、わからない。達也はインターネットの向こうに東京を見た。東京、それはいつ偽物に入れ替わってもわからない場所だ。そして宇都宮が、この一九九五年に偽物にすり替わっていたとしても気づかないはずだ。

東京それはどんなところだろう。

空間と時間が、あるジャンプを挟んで、別のものに入れ替わる。その以前と以後をまたいで、何かを探しに行く。いったい自分は、東京で何を学ぶことになるのか。


インターネットですべてが変わる。だから今のうちに体験しておくべきなんだ。と達也は、数ヶ月のチャット経験で高まった思いをKに語った。

Kに、ネットカフェに行ってもらうよう頼んだ。学校でパソコンを持っているやつは少なく、Kの家にパソコンが入ったのも最近だった。インターネットをやっているのは、達也の知る限り自分だけだった。

宇都宮にも一箇所、ネットカフェというものができた。街の真ん中ではなく宇都宮駅寄りで、あまり人が来ない、だから物件が比較的安いところのようだった。

放課後、Kは高校のそばの駅からJRに乗り、宇都宮駅へ行った。達也には実感がなかったのだが、その路線を使って通学する生徒は多い。Kは、同じ詰め襟の制服姿がたくさんいるなかに混じり、耳にヘッドフォンをはめ、つり革に手をかけて電車に揺られていた。その電車は、志賀家の豆腐のような白い家の正面を通過したのだが、音楽を聴きながら上の空だったKは、そのことに気づかなかった。

ネットカフェは、パソコンがカウンターに並んでいるだけの簡素な店内だった。Windowsである。Kは、パソコン自体あまり慣れておらず、達也のところで下手にＭａｃを使ったから、操作に最初とまどった。達也からはチャットの場所を教わっていた。

達也は、ゲイチャットに出入りしているという事実は伏せておいた。そこではなく、とくに目的なく誰でも入れるチャットの場所を、メモ用紙に書いて渡しておいた。

名無し：入りました
その一行が表示された。達也の部屋のＭａｃで、それまでリロードしても何も動かなかった画面、真っ黒な夜のような背景に、青い文字の一行が出現した。

投稿者は「名無し」である。それがＫであることは、時間と場所を約束しているからわかる。

ＴＳ：これがチャットです（^_^；

と、達也はタイプした。名前はイニシャルで「ＴＳ」とした。それならわかるだろう。達也はこの間、顔文字というものを知り、それを使う最先端の感じに興奮していた。Ｋに対して顔文字を使うのは、普段見せない顔を見せるようで恥ずかしかったが、そういうものなのだと教えるつもり、先輩になったつもりだった。

名無し：何話したらいいかわからない

と、続いてＫは投稿した。

どう返すのがいいのか、達也は迷った。ウーロン茶を飲んで、ちょっと考えて、バカみたいだが次のように打った。

ＴＳ：どうですかインターネットは

名無し：接続が遅いみたい

ＴＳ：変な感じだよね

それから、時間が止まったようになった。それ以上Ｋは何も言わない。少し待った。こちらから畳みかけるより、自然に会話が続いてほしかったから。

ＴＳ：どうよ

返事はない。接続が遅くて手間どっているのかもしれない。しかし、これは本当にKなのだろうか？「名無し」は動きを止めた。すべてが最初から、巨大な誤解から始まっていたのではないかという疑いが頭をもたげてきた。

TS：どうですか

もう一度、達也はタイプした。「名無し」が何か、無意味な記号ひとつでも吐き出してくれないかと願ったが、何も起きない。どう思っているのだろう、Kは。ただ、いまどうであろうと、いずれKは、僕と同じようにネットに巻き込まれていく。そのはずなのである。インターネットですべてが変わる。それは否応ないことなのだ。

山月屋の加藤は、痔の手術のあと、出血の問題があるからと、引き続き一週間ほど入院することになっていた。

達也の父は、駅東にある総合病院に見舞いに行った。

花を買い、それに加えて、加藤の社交辞令に合わせて、暇つぶしになればとウェスタンなどのヴィンテージ・オーディオを特集した雑誌を持っていった。

加藤はいくらかやつれて見え、筋と血管が浮き出た腕に点滴の針を刺されて、上部を持ち上げたベッドに横になっていた。脇には、水色のモニターがついた機械があり、こんな大層なものを使うほどなのかと達也の父は訝しく思ったが、いや大変でしたね、と言いながらスツールに腰を下ろした。

「いやはや、痛いんですよ。切る前も痛くて、切ったら切ったで痛くて」

「しばらくかかりますか」

「そうですねえ。まあ、ケツの穴ってのは汚れるようにできてるんでね、毎日ウンコが通るんだから、汚れても大丈夫なんでしょうけど」

オーディオ雑誌をかばんから出し、ご興味があったらと思いまして、と手渡した。

「おお、ありがとうございます。

こういうのがあると、うちの社長とも話が弾みますからね。助かります」

窓の外では、ガシーン、ガシーンと何かを打ちつける重い音がしていた。新しい建物をつくっている様子だった。

「それで、社長のお披露目、行かれるんでしょう？　同席できなくて残念ですが、よろしくお願いしますね」

そう言われて、達也の父は平静を装った。アンプは手元にない。野村は、電話してもまともに応答しない。

電話の声が、向こうに人がいることを保証するわけでもなかろう——などと、アホみたいな極論さえ頭をよぎる。結局、そこで起きているのは電気的現象にすぎない。

電気的な何かが、幽霊のようにたなびいているだけかもしれないのだ。

だが、少なくとも加藤に対しては、何事も起きていない顔をしなければならなかった。何も表に出なければ、何も起きていないに等しいのだから。

「ご満足いただけるといいんですが」

「そうそう、先日の話ですが、東京の件ね。あれ、なくなったみたいですよ」

一瞬の間を置いて、そうでしたか、と達也の父は、できるだけ何事でもないように言った。そのわずかな時間において、唇と舌、歯茎、口蓋に集まる力を完璧にコントロールしたつもりだった。彼は一人の経営者として、口腔のあらゆる部署に速やかに命令を送った。

そして考えた。

――あの話は、加藤の狂言だったのかもしれない。岡社長の指示ではなく、自分の手柄にしようと値下げのプレッシャーをかけたのか。本当の危機だった可能性もあるが……真実は神のみぞ知る、だ。

ともかく、いま「なくなった」と言うのなら、言われたことを信じるしかない。表に出たことだけが、起きている事態だと思うしかない。だが、見たくもないプロセスが背後で進んでいる可能性は排除できない。

誰もそんなところでそんな話が進んでいるとは思えないありふれた空間の立ち話で、決定的な一手がすでに打たれているかもしれないのだ。

そこまで用心深くなる必要がある。社長にアンプを贈るのは、念のための措置だ。しかし、それがどうなるかわからない、大失敗になるかもしれないこの状況で、達也の父は、胃の腑から酸っぱいものが上がってくるのを抑えていた。


引き渡しの予定は、日曜の夕方だった。

前日にも野村さんに電話したが、出てくれない。お父さんに取り次ぎをお願いしたが、いま出られないと言うんですよと、どうにもならないのである。

その日曜日の昼も、いつも通りに家族で食事に行く。達也は、この日曜の習慣が永遠に繰り返されるかのように思っていた。が、その信念は崩れつつあった。家族を離れる時は近づいているし、それに、ある日まったく予想外の理由で、すべてがバラバラになるのかもしれない。

お昼のあと、野村さんの家に直接行ってみるしかないということになった。

よく晴れた日である。

食事の前に、街を少しぶらつく。大通り沿いのファッションビルが新装開店だというので、母と妹が見に行きたがった。車は、オリオン通りに並行する路地の駐車場に入れた。そのあたりは風俗街になっている。昔からそこを歩くときに両親は何も言わないのだが、「男爵」や「石亭」といった物々しい看板がある、古代ローマのような、ヴェルサイユ宮殿のような建物が並んでいるのは、子供の目にも明らかに不自然だった。かつて達也は、これは何のお店？と尋ねた。すると母が、大人のお風呂屋さん、と言った。父ではなく母が言ったのを覚えている。大人はどんなお風呂に入るんだろう？

「ママとパパも行ったことあるの？」

たぶん返事はなかった。歩くうちに街の喧噪が大きくなり、会話は紛れて聞き取りにくくなった。

新装開店のビルは、もうクリスマスみたいな賑やかなウィンドウ・ディスプレイで、電球がピカピカと光っていた。新しい外壁は、映った顔がわかるほどの、鏡のような銀色のパネルで覆われていた。それとガラス。モダンだ。

東京風なんだろうね、と話した。一階、二階はレディースで、ざっと見るに、そこそこ高価なものを置いているようだった。三階がメンズだが、いわゆるDCブランドの、若者向けで生意気そうなものが多く、父はスーツを試着してみたが、見送ることになった。

達也が中学の頃、全国的にイタリアンが流行り始めて、宇都宮でも店が増えた。第二オリオン通りを横切る釜川という細い川があり、それに沿う脇道が遊歩道になっていて、そこに面して、ランチがお得なイタリアンができた。

前菜、パスタ、デザート、コーヒーで千円とちょっと。それならば、高校生でも背伸びすれば行けなくはない。女子高生が二人で来ているテーブルもある。

家族四人はランチセットを頼んだ。パスタは選べる。達也はトマトソースのものにした。涼子はペペロンチーノ。両親はタラコのクリームソースを選んだ。

デザートは共通で、ケーキのような三角形に切った、かぼちゃのプリンが出てきた。ホイップしたクリームがかかっている。そのクリームは、水っぽいというか尖ったかたちにはならない柔らかさで、ある程度の厚みはあるが、カラメルが染みた上面から下へと毛布をかけたように垂れ下がり、そこで小さな池をつくっていた。そんなふうにクリームがかかっているのは、この店で初めて見た。

「今度は夜も来てみたいね」

母が最後のコーヒーを飲みながら言った。

「でもここはランチだろ。ランチで稼いでるんだろうし」

と、父はそう言いながらも、メニューを見ようとする。紙一枚のランチメニューがクリップで留めてある冊子を開くと、夜に提供される料理は意外にいろいろあった。

「おう、牛肉の煮込みとかもあるねえ」

母もそこへ身を乗り出し、でもちょっと高いねと言う。

ガシャッと音がした。涼子が、メニューを見ている二人をポラロイドで撮影したのだった。

「なんだ、撮ったのか」

「今度はお兄ちゃん」

そう言われて、達也はちょっとのけぞるようにして、カメラとの間に空間をつくろうとした。

「自然にしてて。そのままでいいから」

と言われるとかえって困る。今度は正面に向きなおり、腕をテーブルに伸ばそうとし、でも手をどうしたらいいか迷って、お冷やのグラスに向けて伸ばし、摑もうとした。摑もうと手のひらをかざすときに、シャッター音が鳴り、それに続いて機械から撮りたての一枚が吐き出されてくる音がした。

達也は、お冷やをもう一度見た。変な気がした。手のひらを近づけたときに、グラスがふっと、後ろに動いた気がしたからだ。

家に戻ってから、父と息子でもう一度車を出した。

野村さんの家は、誰もいなかった。玄関の鍵は閉まっており、呼び鈴を鳴らしても、お父さんも出てこない。ラボのガラス面には相変わらずみっしりと植物が内から押しつけられている。

人がいてもいなくてもわからない。明かりがついているようだが、それも野村さんがいる証拠にはならない。

父は、岡社長の携帯電話にかけた。電波が届かないところにあるか電源が入っていません、と言われる。

「まいったな」

「どうするの？　泥棒する？」

「できないだろ」

達也の父は、玄関前でタバコを吸いながら考えた。行くしかない。説明しよう。優秀なエンジニアに手伝いを頼んだのですが間に合わないようで……とでも、ここは正直に言うしかない。本番のお披露目がどうなるかはわからない。

「行くぞ」

行くって、でもアンプないでしょ。達也が言うと、挨拶するだけだな、と父は言った。

「それじゃあ、僕なんかがいたらまずくない？」

父はゆっくり煙を吐き出しながら、靴を側溝の蓋の上でズッズッと擦って、何か思いめぐらせているようだった。

「いいよ。いい勉強になる」

車を出した。二荒山神社の脇から大通りに出て、中心部でまた駐車場を探している。

「どこに行くの」

二荒町のビルだ、加藤さんからここに事務所があるんでと連絡があって、と畳んだA４の紙を渡された。達也がそれを開くと、左下には東武があり、オリオン通りが示されていて、そこに交差する鳥居のような線があり、その先だった。そこに星印がつけられていた。

塾のそばだった。

駐車場はどこも混んでいて、いつもの風俗街ではなく、少し離れた市役所の方にするしかなく、そこから第二オリオン通りを通って歩いていった。塾に行くときに目に入る「和風美女」の看板が、いつものように目立っている。地図を手にする父の背中が、揺れながら先に進んでいった。

例のビルだった。二階にトイレがある、何の変哲もないビル。ハッテン場になっているというトイレのビルだった。

「この上なんだな」

と父が言い、入ろうとするときに、横をすりぬけて、キャップを目深にかぶったジャージの男が入っていき、階段を上っていった。

「エレベーターで行くか」

目的地は五階である。

到着すると、廊下は暗かった。前に行った二階とは違って、このフロアに飲食店はないようで、事務所のようなドアが並んでいるがどこも閉ざされている。二人が奥の方へ歩いて行くと、一箇所、光があった。

ドアがうっすらと開いて白い光が漏れていた。

達也の父はそのドアをノックした。応答はない。父と息子は顔を見合わせる。そして父は、仕方なくドアを開けることにした。少し開けて、達也が入れるように大きく開けた。

蛍光灯の光でくっきりと照らされた部屋の奥には、左右にスピーカーがあり、その間には、ビルがひしめく都市の模型のような四角いものが二つある。まったく同じ並びで建物が並んでいる都市が二つ。それは、灰色の金属の箱に真空管と他のパーツが載っているアンプだ。二人は息を呑んで、冷ややかにそこに存在する都市の双子を見つめた。驚いたことにそれは、父と子が取り戻そうとして、取り戻せなかったはずのものだった。

「これ、あのウェスタンのアンプだよね」

達也が言うと、

「ああどうも」

と、後ろから声がした。振り返ると、人が立っていた。初老の太った男で、茶色いカーディガンをはおっている。

「岡社長」

「ちょっとトイレ行ってたんですよ」

そしてその人物は部屋の中を進んでいき、よいしょと言ってしゃがんで、スピーカーの間に鎮座する二つの物体をしげしげと眺めた。父と子も、それを初めて見るように呆然と眺めていた。ある、と達也は思った。ないはずのものが、ある。いったい、どういうことなのか。

あるいは――これは「現象」なのだろうか？

「おお、これですか」

そして岡社長はスイッチを撥ね上げた。

ブーン
という低く振動する音が、部屋全体を何かねっとりとした溶液に浸からせた。

この部屋もこのビルも、現象なのだろうか？

ないのに、ある。

アンプは野村さんが持ち去ったままだ。それが事実のはずである。だがそればかりでない。宇宙のすべてが、ないのに、ある。宇宙もまた、あるとき、誰かによって持ち去られてしまったのかもしれない。宇宙もまた、持ち去られたままなのかもしれない。にもかかわらず、宇宙がある。

「達也くん、何かCDを持ってきたかね。かけてください」

それで、すぐさま自分のかばんを探ると、Kから借りたままのアシッド・ジャズのディスクがあった。

音が出現した。

スピーカーの間の、囲まれた空気の中に何かがほとばしる。バン、という最初の音。かつてどこかでこの世界に叩きつけられた圧力、赤子が泣きわめくような力が、もう一度ここに蘇っている。

高いところと低いところを行き来する音。鐘のように響き、土をこする音。波が見えた。波が重なって海になろうとしていた。心臓のいつもの収縮に似た波が、目の前で確かにかたちとなり、達也は、ほんの少し後ろに退きさがった。

初出　「新潮」二〇二三年二月号

エレクトリック

著者

千《ち》葉《ば》雅《まさ》也《や》

発行

2023年 5 月30日

発行者　佐藤隆信

発行所　株式会社新潮社

〒162-8711　東京都新宿区矢来町71

電話 編集部 03-3266-5411

読者係 03-3266-5111

https://www.shinchosha.co.jp

印刷所

大日本印刷株式会社

製本所

加藤製本株式会社

乱丁・落丁本は、ご面倒ですが小社読者係宛お送り下さい。
送料小社負担にてお取替えいたします。
価格はカバーに表示してあります。

ISBN978-4-10-352973-6 C0093

デッドライン 千葉雅也

ゲイであること、思考すること、生きること。修士論文のデッドラインが迫るなか、格闘しつつ日々を送る「僕」。気鋭の哲学者による魂をゆさぶるデビュー長篇。〈野間文芸新人賞受賞〉

オーバーヒート 千葉雅也

クソみたいな言語と、男たちの生身の体の間を、往復する「僕」――。待望の最新作に川端康成文学賞受賞作「マジックミラー」を併録。哲学者が拓く文学の最前線。

彼女のことを知っている 黒川創

70年代の京都、80年代の東京、そして２０２０年代――。「私」の少年時代から作家となり父となった現在まで、「性」が人生にもたらすものをつぶさに描きだす長篇小説。

荒地の家族 佐藤厚志

あの災厄から十年余り。妻を喪い、仕事道具もさらわれた男はその地を彷徨い続けた。仙台在住の書店員作家が描く、止むことのない渇きと痛み。第１６８回芥川賞受賞作。

惑う星 リチャード・パワーズ 木原善彦訳

パパ、この星に僕の居場所はないの？ 地球を憂い情緒が不安定な少年に、実験室での亡き母の面影との邂逅は驚きの変化をもたらすが――科学と情感が融合する傑作。

☆新潮クレスト・ブックス☆

別れの色彩 ベルンハルト・シュリンク 松永美穂訳

年齢を重ねた今だからわかる、あの日の別れの本当の意味を――。ドイツの人気作家が、さまざまな別れをめぐる心象風景をカラフルに描く円熟のベストセラー短篇集。